블루스,
왈츠,
탱고

KB191832

블루스, 왈츠, 탱고

발행일   2025년 3월 24일

지은이   이정주
펴낸이   손형국
펴낸곳   (주)북랩
편집인   선일영   편집   김현아, 배진용, 김다빈, 김부경
디자인   이현수, 김민하, 임진형, 안유경, 신혜림   제작   박기성, 구성우, 이창영, 배상진
마케팅   김회란, 박진관
출판등록   2004. 12. 1(제2012-000051호)
주소   서울특별시 금천구 가산디지털 1로 168, 우림라이온스밸리 B동 B113~114호, C동 B101호
홈페이지   www.book.co.kr
전화번호   (02)2026-5777   팩스   (02)3159-9637

ISBN   979-11-7224-539-9 03810 (종이책)   979-11-7224-540-5 05810 (전자책)

잘못된 책은 구입한 곳에서 교환해드립니다.
이 책은 저작권법에 따라 보호받는 저작물이므로 무단 전재와 복제를 금합니다.
이 책은 (주)북랩이 보유한 리코 장비로 인쇄되었습니다.

(주)북랩 성공출판의 파트너

북랩 홈페이지와 패밀리 사이트에서 다양한 출판 솔루션을 만나 보세요!

홈페이지 book.co.kr   •   **블로그** blog.naver.com/essaybook   •   **출판문의** book@book.co.kr

---

작가 연락처 문의 ▶ ask.book.co.kr

작가 연락처는 개인정보이므로 북랩에서 알려드릴 수 없습니다.

블루스,

왈츠,

탱고

이정주 지음

몽환적이고 초현실적인 상상의 세계
삶과 존재를 탐색하는 끝없는 여행이 시작된다!

 북랩

작가의 말

새로운 걸음이다.

시를 쓰면서도 나는 늘 이야기에 눈길을 주고 있었다. 허리에 병이 나서 척추 수술을 받고 두어 달 누워서 지낸 날들이 있었다. 그때 나는 해 지난 달력 뒷면에 이야기를 써 나가기 시작했다. 이야기는 자꾸 나왔다. 나는 말없이 받아 적었다. 그렇게 썼던 이야기들을 모아서 책으로 엮었다. 내 이야기들을 읽어 본 친구들은 소설이야? 시 아냐? 이건 시설詩說이야. 그런 말들을 하기도 했지만 나는 그냥 분질러서 소설이라는 이름으로 묶어서 책을 내기로 했다. 간혹 낯선 문법과 낯선 장면들은 읽기를 방해할지도 모른다.

차례

제3부

제1부

벽

새벽에 노랫소리가 크게 들렸다. 높은 벽 너머 큰 집에서 애국가와 군가가 들렸다. 이어서 다 함께 외우는 구호가 울려 나왔다. 나는 잠에서 깨어나 손으로 눈을 비비면서 우리 집 뒷마당에서 가까운 곳, 작은 늪으로 걸어갔다. 늪 바로 옆에 높은 벽이 서 있었다. 외치는 소리가 이어지고 큰 대답 소리가 들렸다.

"예!"

소리가 벽을 뚫고 튀어나왔다. 나는 중얼거렸다.

"서른 사람쯤 되겠네."

나는 집으로 돌아왔다.

나는 국민학교에 다니기 시작했다. 이제는 지쳐서 새벽에 벽을 뚫고 나오는 소리를 들을 수가 없었다. 그래도 학교에서 돌아오면 벽 앞에 한참씩 서 있었다. 벽은 무언가를 전해 주려는 표정이었다. 나는 그 표정을 읽을 수가 없었다.

벚꽃 꽃잎이 바람에 흩날렸다. 길에는 해군 짚들이 다녔다. 해군들이 마주 보며 걸어가다가 거수경례를 했다. 벽에도 꽃잎이 날아왔다. 나는 벽 앞에서 거수경례해 보았다. 벽이 웃고 있었다. 꽃잎이 많이 날아다녔다.

일요일 새벽에 일찍 일어난 나는 벽에서 들리는 노랫소리와 구호 소리를 들었다. 나는 늪으로 걸어갔다. 거기서 마지막 대답 소리를 들었다.

"예!"

소리는 이전보다 작아졌다. 나는 중얼거렸다.

"많이 줄었네. 열 사람쯤 되겠네."

같은 반 친구를 데리고 벽 앞에 섰다. 나는 친구에게 벽에서 노랫소리가 나고 외치는 소리가 들린다고 말했다. 벽은 우리에게 암호 같은 무늬를 보여주었다. 친구는 무섭다고 말하고 나서 자기 집으로 뛰어갔다.

벚꽃이 다 지고 비가 내렸다. 먼 곳에 바다가 보였고 바
다 위 하늘에는 군함이 여러 척 떠 있었다.

한 달이 지나고 나서 나는 다시 새벽에 일어났다. 나는
늪가로 걸어가서 서 있었다. 노랫소리가 들렸다. 한 사람이
노래를 부르고 있었다. 한 사람이 구호를 외치고 있었다.
한 사람이 대답했다.
"예!"

학교를 마치고 벽 앞에 가서 섰다. 벽이 이상한 표정을
지었다. 벽은 흘러내리고 있었다. 푸른 죄수복을 입은 아
저씨 한 사람이 나타났다.
"몇 학년이냐?"
"일 학년."
그는 내게 다가와서 손으로 내 머리를 쓰다듬었다. 그는
쪼그려 앉아 내 얼굴을 쳐다보았다. 그는 내 손에 건빵을
한 움큼 쥐여주었다. 그는 내 윗도리 주머니에 편지봉투를

접어서 넣어주었다.

"우체통이 보이면 넣어줄래?"

나는 고개를 끄덕였다.

그는 뒷걸음질했다. 허물어졌던 벽이 제 모습대로 돌아
갔다.

한밤중에 잠에서 깨었다. 아버지가 나를 흔들었다. 나는
내복을 입은 채 아버지 앞에 앉아 있었다. 아버지는 편지
를 다 읽고 나서 물어보았다.

"누가 준 기고?"

"저 벽 안의 아저씨."

"니 이름을 물었나?"

나는 고개를 저었다.

"알았다. 자라."

나는 다시 잠들었다.

새벽에 눈이 뜨였다. 나는 늪가에 가서 서 있었다. 벽 속에
서는 한 사람이 노래를 불렀다. 한 사람이 구호를 외치고 대
답했다.

"예!"

나는 벽을 오래 쳐다보고 있었다. 벽이 웃음을 지었다. 나는 고개를 가로저었다.

다음날도 나는 새벽에 일어났다. 아무 소리도 들리지 않았다. 늪가에 가 보았다. 벽은 아무 표정이 없었다.

나는 트럭의 짐칸에 앉아 지나가는 것들을 보고 있었다. 멀리서 기차가 검은 연기를 내며 천천히 달리고 있었다. 두 손으로 커다란 칼을 몸 앞에 모아 쥐고 차렷! 하고 서 있던 장군의 동상이 지나갔다. 동상 앞에서 사진 찍는 사람들이 지나갔다. 하늘에는 높은 구름이 떠 있었다. 우리가 살았던 집은 보이지 않았고 집 뒤에 있던 희고 높은 벽만 보였다.

강물에 베이다

길곡 가는 마지막 버스는 벌써 떠났다. 무진반점에서 짜장면을 먹었다. 트레이닝 윗도리를 가방에서 *끄집어내어* 외투 속에 껴입었다.

연지못은 얼어 있었다. 연못 가운데서 서너 마리 새들이 뒤뚱거리고 있었다. 나머지 새들은 연지못에 있는 조그마한 섬에 모여 있었다. 새들도 발이 시렸다.

처음으로 걸어가는 길이었다. 들판은 아직도 훤했다. 가끔 자전거를 타고 지나가는 사람이 있을 뿐, 남쪽으로 가는 길은 텅 비어 있었다.

갈림길이 나왔다. 도천 쪽으로 가 보기로 했다. 도천道天이면 어쩌면 하늘로 가는 길이 있을 것이다. 혼자 웃었다.

말도 안 돼. 도천都泉인 걸. 하늘 찾아가려다가 우물에 빠질걸. 탈레스처럼.

짜장면이 속에서 한 번 뒤척이고 있었다. 속에서 짜장면 냄새가 올라왔다.

집들이 줄을 맞추어 서 있었다. 집들은 거의 다 작은 외등을 내어 달았다. 바람이 불지 않는데도 등들은 스스로 흔들리는 것 같았다.

개들이 짖었다. 길에서 마주친 아주머니가 멈추어 서서 나를 한참 처다보았다. 나는 가방을 왼쪽 어깨에 메고 걸었다. 갑자기 주저앉고 싶었다.

면사무소 옆 커다란 은행나무 밑에 주저앉았다. 모든 것이 가라앉고 있었다. 길가의 집들과 간혹 보이는 상점에서 나오는 불빛도 가라앉고 있었다. 웃을 일이 아니었다. 어느 우물 아래로 내려가는 것 같았다.

담배를 불붙여 물고 다시 걸었다. 마을이 끝나고 있었다. 들판 쪽으로 걸어갔다. 하늘은 약간 흐렸지만 길은 잘 보였다. 길에서 노인을 만나 길을 물었다.

"이쪽으로 가다가 저기 저 산 쪽으로 가야 신작로가 나와."

인사하고 걸어갔다. 한참 뒤에 노인이 내게 말했다.

"길곡 간다고? 자네 오늘 밤에 거기까지 갈 수 있을까?"

뒤돌아보았다. 노인은 많이 지워져 있었다. 노인은 왜 저러는 걸까? 몇 시간이면 걸어갈 수 있을 것 같은데, 왜 갈 수 없다고 말할까?

산 쪽으로 난 좁은 길을 걸어갔다.

평소 책 읽는 모임에 잘 나오지 않던 경민이가 보였다. 경민이는 홍분해 있던 회원들 사이에 차분히 앉아 있었다. 가끔 천장을 쳐다보다가 제 손바닥을 한참 내려다보기도 했다.

형사는 경민이가 나를 밀고한 것은 아니라고 두 번 말했다. 그걸로 보아 경민이가 밀고했음이 분명했다. 형사는 나와 경민이의 관계가 어떤가를 물었다.

나는 경민이와 함께 거대한 배가 하늘 위에 떠 있던 바닷가에서 만나 술을 마신 적이 있다고 말했다.

경민이의 형은 해군이었다. 군함이 가라앉아서 동료들과

함께 물에 잠겼다. 경민이의 형은 키가 커서 관이 작았다. 그래도 경민이의 형은 관 속에 누웠고 의장대들이 관 옆에서 하늘로 총을 쏘았다. 경민이는 울지 않았다. 갈매기가 날아와서 울었다.

새벽에 경민이와 내가 술자리에서 일어났을 때 하늘 위에 떠 있던 거대한 배는 그대로 떠 있었다.

형사는 자신의 아래위 입술을 모아 앞으로 밀었다. 그리고 목소리를 낮추어 말했다.

"아버지가 공직에 계시네. 조심해야지."

허공을 쳐다보았다. 하늘 속에서 커다란 배가 천천히 움직이고 있었다.

신작로를 만났다. 어둠 속에서 길은 하얗게 떠 있었다.

비탈길이 끝나는 곳에 논리가 나왔다. 멀리 불 컨 집들이 서너 채 보였다. 길은 찢어진 무명 원단처럼 갈라져 있었다. 찢어진 왼쪽 길에서는 몸집이 큰 남자가 어깨에 총을 메고 걸어오고 있었다. 남자 뒤로 개 한 마리가 따라오고 있었다. 찢어진 오른쪽 길에서는 자전거를 탄 사람이 다가

오고 있었다. 자전거에 탄 사람은 랜턴을 비추고 있었다.

총을 멘 남자와 자전거를 탄 사람과 내가 정확하게 삼거리에서 만났다. 총을 멘 사람은 사냥꾼, 자전거를 탄 사람은 경찰이었다. 세 사람은 모두 그 자리에 멈추었다. 경찰은 자전거를 세웠다. 나는 주변을 돌아보았다. 도망가려면 논리 쪽이나 걸어오던 길 쪽의 산속밖에 없을 것이다.

경찰이 총 멘 사내에게 다가가며 랜턴을 비추었다.

"뭘 잡으셨지?"

"꿩 두 마리."

"금렵기간인 줄 모르시나?"

"봐주시오. 이거 다 드릴게."

"지금 장난하는 거야?"

나는 빠른 걸음으로 삼거리를 벗어났다. 길은 더 밝아졌다. 삼거리에서는 큰 소리가 들렸다.

"거기 안 서?"

뒤돌아보지 않고 걸었다. 개가 짖었다.

"이 개새끼는 왜 이래? 야! 너 안 잡힐 줄 알아?"

"따라오지 마. 따라오면 쏴 버릴 거야!"

총을 멘 사내와 개는 산으로 도망가고 경찰은 산을 향해 소리 지르고 있었다.

지난가을에 길곡에 왔다가 모래톱에 오래 머문 적이 있다. 그때 시를 썼고 그 시를 영신에게 보여주었다.

"빈티지. 이거 미당이야? 박재삼이야?"

영신은 취해 있었다. 영신의 손에서 시를 빼앗아서 찢어버렸다. 그리고 술집을 뛰쳐나왔다.

영신은 파리로 갔다. 사모하는 아폴리네르와 눈길이 이상했던 장 폴 사르트르, 그리고 시몬 드 보부아르의 나라로.

하숙집 주인아주머니는 내가 몸을 피해 있는 동안 영신이 두 번이나 찾아왔었다고 했다.

내 습작 노트를 펴 보았다. 아무것도 쓰여 있지 않은 종이에 희미하게 남아 있던 말들이 다시 일어서고 있었다.

편지

가슴 한 켤이 비어 흐르는

강줄기를 접어 보냅니다
마지막 햇빛을 놓치지 않으려다 지친
산 그림자도 끼워 보냅니다

모든 풍경을 안으려던 내 여윈 팔 속엔
모래 섞인 바람만 돌고 있고
잃어버린 입술을 찾으려던 미련한 발자국이
흐름을 지워놓았습니다

색깔 없는 마음 한 자락 위에
열아흐레 바랜 달빛을 덧대고
괴로워하던 머리칼들을 잘라 같이 부칩니다

길 옆으로 산이 들어섰다. 산은 말했다.
"조금만 있으면 강이 보일 거다."
산은 말했다.
"강이 보일 거다. 강에 가까이 갈 거다. 강에 이르면 돌이
킬 수 없을 거다. 어쩌면 강물에 베일지도 몰라."
내 가까운 곳에서 같이 걷던 산은 낮아지고 왼쪽에서 형

사가 나를 따라오면서 말했다.

"각오는 돼 있는 거야? 계속 그 길로 갈 거야?"

오른쪽 산이 낮아지고 영신이 따라오면서 말했다.

"그런 말도 못 해? 꼭 시를 써야 살 수 있어? 시만 쓰면서 살 수 있느냐고!"

나는 화 난 사람처럼 발을 던지면서 걸었다. 강이 보였다. 가늘고 긴 칼이 보였다. 칼은 매혹적으로 번득였다. 나는 뛰어가기 시작했다. 나는 소리 지르고 있었다.

"그래, 각오가 되어 있어. 강물에 베여도 좋아!"

뛰었다. 한참 뛰다가 자갈에 발목이 헛돌았다. 옆으로 쓰러졌다.

다시 담배에 불을 붙여 물었다. 다리를 절며 천천히 걸었다. 강은 더 넓어졌다. 강물 흐르는 소리가 낮게 들리기 시작했다.

오호리 돌아서 가면 하내가 보일 거고, 하내 지나면······

아버지는 술에 취해 자고 있을 것이다.

하얀 개 착히가 나를 반길 것이다.

동생들은 텔레비전을 보다가 나를 맞을 것이다.
동생들이 모두 잠들면 어머니는 나를 불러낼 것이다.
내복과 양말을 건네주고 지폐를 한 움큼 쥐어 줄 것이다.
새벽에 강으로 가라. 거기서 강을 따라 흘러가거라.

희미하게 보이던 친구

윤세는 사람들 속에 있으면 잘 보이지 않았다. 수업 시간에도 나는 가끔 윤세가 앉아 있던 곳을 쳐다보았다. 처음에는 흐릿하고 잘 보이지 않다가 조금 시간이 지나면 윤세의 얼굴 윤곽이 나타났다. 그러다가도 또 흐릿해지는 때가 있었다. 그런 일은 중요한 일은 아니었다. 교수들은 열심히 자기 이야기를 하고 있었고 우리들은 교수들의 이야기를 듣지 않고 딴짓하고 있었다. 그러니 윤세가 책상에 오광대 연희본을 펴놓고 대사를 외우고 있어도 별난 일로 보이지 않았다. 그런 기미가 보일수록 교수들은 더 열심히 자기 이야기 속으로 빠져들어 갔다.

윤세는 어릴 때부터 할아버지에게 장구와 춤을 배웠다. 나는 윤세에게 장구를 배웠다. 윤세가 장구를 치며 몰입

해 있을 때 윤세는 반쯤 사라졌다. 그리고 나에게 장구를 치게 하고 춤을 출 때는 잘 보이지 않았다. 춤사위가 빨라지고 몸을 빙빙 돌리는 휘모리장단에 이르면 윤세는 보이지 않았다. 나는 눈을 감고 장구를 쳤다. 장단이 다 끝나고 눈을 떠보면 윤세는 어디에 있는지 알 수 없었다. 내가 고개를 돌려 찾아보면 윤세는 벽에서 그림자처럼 부피 없이 움직이다가 갑자기 입체적으로 내 앞에 나타나곤 했다. 나는 그런 윤세의 모습에 조금씩 길들여졌는지도 모른다.

봄날이 오고 학교에 가니 윤세가 보이지 않았다. 윤세가 군대에 갔다는 소문이 들렸다.

나는 은행에 다니던 대운이를 찾아갔다. 대운이는 윤세의 어릴 적 친구였다.

"집이 어려워서 등록금을 마련 못 해 휴학하고 지원병으로 입대한 것 같습니다. 그런데, 윤세 여동생 윤희 있지요. 네, 그 애가 시집을 갔다고 합니다. 그 애도 집이 어려워서 그냥 돈 많은 집 아들에게 시집갔다고 합니다. 지가 무슨 심청이라고……"

윤희는 이제 막 스무 살이었다. 작년에 윤희를 본 적이 있는데, 그리 예쁘게 생기지는 않았지만 단정해 보이는 여고생이었다. 대운이는 술에 빨리 취했다.

"사람들은 멈추어 있으려고 하지 않아요. 그리고 너무 빨리 변하는 것 같아요."

나는 술이 오르지 않았다. 멀리 아스라한 곳에서 모래바람이 회오리로 일고 나서 어렴풋이 윤세가 보였다.

한 해가 지나고 봄날이 왔다. 윤세가 내 앞에 나타났다. 군복을 입은 윤세는 잘 보였다. 윤세와 함께 버스를 타고 윤희가 살고 있다는 과수원으로 가는 길이었다. 길은 많이 파여 있었고 버스는 마음껏 흔들렸다. 산기슭에는 산벚꽃과 복사꽃이 피어있었다.

버스에서 내려서 걸어갔다. 윤세는 군대에 가서 제 속에 또 다른 사람 하나가 들어 있는 것을 알았다. 그것을 알고 나서는 마음이 편해졌다고 했다. 윤세는 길가에 있던 나뭇가지를 꺾어서 들고 걸었다.

"춤출 때 가끔 내 속에서 무엇이 자꾸 빠져나가려고 하는 걸 느꼈어."

"니가 춤출 때 잘 보이지 않았다."

"그 다른 사람 때문이었겠지."

"언제 그걸 알게 되었노?"

"야간 행군을 끝내고 군장을 멘 채 주저앉았는데, 누가 뒤에서 나를 밀어주는 거 같았지. 그래서 누군지 고맙다 하고 한참을 편하게 기대어 있었지. 나중에 그곳에 나 혼자뿐인 걸 알았거든."

윤세는 중대장 당번병이 되면서 중대장 숙소에 다녀오는 일이 잦아졌다. 중대장 숙소는 부대에서 30분쯤 걸어가면 나오는 마을 속에 있었다. 윤세는 그 마을의 아가씨와 눈이 맞았다. 퇴역하사관의 딸이었던 그 아가씨는 윤세와 마을 뒷산에서 서로의 몸을 만졌다. 그러나 아가씨는 결정적인 순간에 몸을 닫아버렸다.

"그 아가씨도 내가 잘 보이지 않을 때가 있다고 그랬어."

새들이 울고 있었다. 윤세가 앞서서 걸어가고 나는 뒤를 따랐다. 윤세는 분명히 보였다. 선명했다. 약간 눈부셨다.

길가에 커다란 바위가 서 있었다. 바위 뒤로 큰 미루나무들이 줄지어 서 있었고 미루나무 바로 옆에 과수원이 있었다. 과수원 가운데 집 한 채가 누워 있었다.

개들이 짖어대고 있었다. 조금 기다리니 윤희가 나타났다. 윤희 옆에는 마르고 키 큰 사내가 따라 나타났다.

"오빠!"

윤희는 윤세의 품에 뛰어들었다. 키 큰 사내는 어색하게 웃으며 서 있었다. 웃음은 입가에 머물러 있었고 그의 눈은 미루나무를 쳐다보며 굳어 있었다.

사내는 윤세와 악수했다. 사내는 나와도 악수했다. 나는 마른 장작을 잡는 듯한 느낌을 받았다.

윤세와 윤희는 장 보러 마을로 내려가고 과수원 속의 집에는 사내와 내가 존재하고 있었다. 사내와 나는 아무런 이야기를 나누지 않았다. 사내는 안방으로 들어가 라디오를 켰다. 김추자 목소리가 집안에 퍼졌다. 나는 작은방 방바닥에 앉아서 바깥을 쳐다보고 있었다.

졸렸다. 벽에 등을 기대고 눈을 감았다. 미루나무잎 흔들리는 소리가 들렸다. 라디오에서는 연속극이 시작되고 있었다. 나는 잠 속으로 끌려 들어가고 있었다. 그러나 얼마 지나지 않아 사내가 지른 큰 소리에 눈을 떴다.

"아, 지겹다!"

안방으로 가 보니 그는 책상에 엎드려 있었다.

네 사람은 돼지고기 두루치기를 반찬으로 저녁을 먹었다. 사내는 저녁을 먹으면서도 하품을 했다. 저녁을 먹고 사내는 안방으로 갔다. 사내의 코 고는 소리가 들렸다.

작은 방에서 윤세와 윤희, 그리고 나는 술을 마셨다. 밤이 깊어지고 우리는 술을 많이 마셨다. 윤세가 흐려졌다. 윤세가 말했다.

"이거는 아니다!"

"오빠, 그라지 마라."

"누가 저런 반편한테 가라 캤나!"

윤희는 울었다. 나는 윤세를 찾을 수 없었다. 나는 허공에 말을 던졌다.

"그만 해라. 윤세야!"

윤희가 울고 윤세 울음소리도 들렸다.

졸업식을 마치고 윤세네 집으로 갔다. 윤세 어머니가 구멍가게를 차리고 있었다. 윤세네 집 안방을 열어보니 윤희가 앉아 있었다. 윤희는 안경을 끼고 뜨개질하고 있었다. 옆방 문을 여니 윤세가 예비군복을 입고 희미하게 누워 있었다.

윤희는 두 해 반 살다가 돌아왔다. 아이는 생기지 않았다. 키 큰 남자는 혼자서 과수원에 산다고 했다.

버스를 타고 서쪽으로 갈 때면 윤희가 살았던 과수원이 고속도로 옆으로 지나갔다. 나는 눈을 크게 뜨고 산속의 과수원을 쳐다보곤 했다. 해오라기처럼 혼자 서 있을 키 큰 사내를 찾고 있었다.

먼 앨라배마

구슬이에게 물었다.

"하루 자고 와도 돼?"

구슬이는 고개를 끄덕였다.

구슬이에게 물었다.

"모래의 성에 갈래?"

구슬이는 고개를 끄덕였다.

구슬이와 맨 처음 만났을 때 나는 '모래의 성' 이야기를 했다. 그러나 한 번도 '모래의 성'에 가 보지는 못했다.

군대에서 휴가 나온 주천이가 보배를 데리고 나타났다. 보배는 살갗이 아주 희고 눈이 커서 서양인처럼 생겼다. 나와 구슬이 그리고 주천이와 보배, 넷은 같이 차를 마셨다. 내가 보배에게 물었다.

"하루 자고 와도 됩니까?"

보배는 얼굴이 굳어지면서 대답하지 않았다. 그러자 주천이가 보배의 귀에 입을 대고 무어라고 속삭였다. 보배의 표정이 밝아졌다. 그것은 마치 꽃잎이 벌어지는 것 같았다. 보배는 내게 고개를 끄덕였다.

우리는 택시를 탔다. 택시는 길을 따라 마음껏 달렸다. 사방은 깜깜했다. 어느 순간, 강물 흐르는 소리가 택시 속으로 밀려 들어왔다. 주천이가 말했다.

"강은 저렇게 흐르다가 저 아래, 모래 속에 들어가 죽는 거야."

나는 주천이에게 물어보았다.

"강이 바다를 만나지 않는 거야?"

"그게 그렇게 되었어. 강은 모래 속에 처박히고 바다는 멀리 밀려가 버렸다네."

우리는 모래 위에 서 있던 성으로 들어갔다. 성의 1층은 식당으로, 사람들이 몇몇 앉아 떠들고 있었다. 나는 성의 주인에게 2층에서 자고 가겠다고 말했다.

우리는 1층에서 저녁을 먹었다. 반찬은 마른 생선들뿐이었다. 주인이 말했다.

　"요 며칠 안개 때문에 고기잡이를 할 수 없었지요. 미안합니다."

　우리는 그래도 괜찮았다. 우리는 떠들며 저녁을 먹고 이층으로 올라갔다.

　나는 구슬이를 데리고 끝방으로 가서 바지를 벗었다. 내 물건은 하늘을 향해 서 있었다. 나는 구슬이를 벗기고 빨았다. 구슬이는 소리를 내며 좋아했다. 구슬이와는 벌써 몇십 번째 하는 일이었다. 일이 끝나고 나서 방구석에 손을 뻗어서 두루마리 휴지를 집었다. 구슬이의 사타구니에 휴지를 한 줌 넣어주었다. 그리고 내 자지에 휴지를 붕대처럼 감았다. 바로 그때 방문이 열렸다. 보배가 날렵하게 방 안으로 들어와서 앉았다. 나는 이불을 끌어당겨서 내 아랫도리를 가렸다. 보배가 말했다.

　"밤을 함께 보내자는 것이 이건가요?"

　나는 아무 말을 하지 않고 보배를 쳐다보고 있었다. 어둑한 방 안에서 보배의 얼굴은 뽀얀 미국 인형같이 불 켜

져 있었다. 그때 다시 방문이 조금 열렸다. 주천이 얼굴이
나타났다. 주천이가 말했다.

"보배야. 나와."

보배가 말했다.

"싫어. 나 이 방에 있을래."

주천이는 문을 닫았다.

어둠 속에서 내가 말했다.

"보배 씨, 알았어요. 그런데 조금만 돌아앉아 있어 봐요."

나는 손으로 이불 속을 뒤져서 팬티를 찾아 입었다. 구
슬이도 옷을 입었다.

우리는 '모래의 성'을 나와서 모래 속으로 걸어갔다. 바람
은 없었고 공기는 축축했다. 짙은 바다 안개가 폐의 꽈리
속으로 들어찼다. 우리 네 사람은 옆으로 한 줄을 이루어
손을 잡았다. 그리고 모래 위를 천천히 달리기 시작했다.
모래 언덕이 나타났다. 우리는 모래 언덕 위로 기어 올라갔
다. 언덕 위에 올라가니 멀리서 바닷소리가 들렸다. 보배가
노래를 시작했고 우리가 따라서 같이 불렀다.

멀고 먼 앨라배마 나의 고향은 그곳
벤조를 매고 나는 너를 찾아왔노라

멀고 먼 고향 하늘가에 구름은 일고
비끼는 저녁 햇살 그윽하게 비치네

......

멀리 바다 쪽에서 서치라이트가 비치는 것이 보였다. 그
러나 서치라이트의 불빛은 안개에 뭉개져서 우리가 노래하
는 곳까지 올 수 없었다.

우리는 모래 언덕에 앉아 있었다. 주천이가 일어서서
「You mean everything to me」를 부르기 시작했다. 우리
도 같이 불렀다.

You are the answer to my lonely prayer
You are an angel from above
I was so lonely till you come to me
......

우리는 노래를 많이 불렀다. 그러고는 다시 옆으로 한 줄이 되게 서서 손을 잡고 노래를 부르면서 '모래의 성'으로 돌아왔다.

우리는 구슬이와 내가 누웠던 방에 들어앉아서 술을 마셨다. 우리 넷은 둘러앉아서 '아이 엠 그라운드' 게임을 했다. 두 손으로 자신의 두 무릎을 치고 나서 손뼉을 치고 마지막에는 엄지손가락을 내밀며 소중한 것의 이름을 부르는 게임이었다.

구슬이가 엄지를 내밀며 말했다.

"울 엄마."

주천이가 엄지를 내밀며 말했다.

"내 소총, 시팔."

우리는 모두 손뼉치며 웃었다.

보배가 엄지를 내밀며 말했다.

"앨라배마."

나는 엄지손가락을 내밀며 아무 말도 하지 않았다. 소중한 것들? 문득 아무것도 떠오르지 않았다. 나는 벌주를 한 잔 마셨다.

다시 엄지손가락들이 내밀어지고 소중한 것들의 이름이 몇 바퀴 돌았을 때 구슬이가 말했다.

"울 아버지. 돌아가셨는데……."

조금 있다가 구슬이가 울기 시작했다.

"울 아버지. 앨라배마에 있는데……."

보배가 구슬이의 어깨를 감싸안고 같이 울기 시작했다. 판이 깨어졌다. 주천이와 나는 두 여자를 달래고 일어났다. 그리고 다른 방으로 갔다.

아침에 일어나 보니 구슬이와 보배가 보이지 않았다. 주천이와 나는 모래밭을 한참 걸어가서 지난밤에 우리가 노래 불렀던 모래 언덕에 올라가 보았다. 멀리 바다 위에 배 한 척 떠가고 있었다. 구슬이와 보배가 배를 저어 난바다로 나아가고 있었다. 우리는 소리 질렀다.

"구슬아!"

"보배야!"

배는 소실점이 되어 멀어졌다.

블루스, 왈츠, 탱고

약 10년 전, 해금강을 생각했을 때, 나는 해금강이 우리 집 뒷방 책꽂이 옆에 쌓여 있던 여러 가지 물건 속에 들어 있다고 생각하고 있었다. 그리고 몇 년이 지났다. 이사를 하고 나서 이삿짐들을 다시 정리하면서 나는 '해금강이 보이지 않는다는 것'을 느꼈다. 그러나 그것은 내가 좋아하던 어느 시인의 시집이 잘 보이지 않는다는, 그러나 크게 걱정할 일은 아니라는 것 같은 그런 느낌이었다.

세탁기가 고장 났다. 고장 난 세탁기를 들어내고 새 세탁기를 들여놓던 날, 나는 고장 난 세탁기 뒤에 눌려 있던 검은 존재를 인지했다. 그것은 흑단黑檀처럼 검고 매끄러운 수석壽石이었다. 하지만 그것은 약간 뿌리를 뻗어서 바닥과 벽에 붙어 있었다. 나는 공구를 가지고 와서 그 뿌리들을 벽과 바닥으로부터 떼어내었다.

새 세탁기를 설치하러 온 남자는 불만스럽게 내 작업을 쳐다보고 있었다.

흑단처럼 단단한 부분과 뿌리만 있는 게 아니었다. 비닐로 덮어씌웠을 때, 해금강이 검은 부분보다 훨씬 많은 공간을 차지하고 있음을 알았다. 검은 부분 위로 눈에 보이지 않는 어떤 공간이 같이 존재하고 있었던 것이다.

서해에 도착해서 텐트를 치고 검은 해금강을 물속에 넣었다. 해금강은 거품을 내며 물속으로 가라앉았다.

새벽에 일어나 보니 바다는 멀리 도망가 있었다. 그러나 해금강은 새로 구운 식빵처럼 부풀어 있었다. 나는 해금강을 두 손으로 들어 박스 속에 넣었다.

갯벌에는 내 기억 속의 사람들 옷가지들이 흩어져 있었고 갯바위에는 내가 알던 사람들의 이름들이 반쯤 지워진 채 남아 있었다.

그 섬은 산이 무척 높았고 골짜기도 깊었다. 그중 한 골짜기의 중학교에서 국어 선생을 하고 있던 동호에게 놀러 간 것은 내가 군인이 되어 두 번째 휴가를 나온 봄날이었다. 동호는 학교 건물에서 조금 떨어진 숙직실에서 살고 있었다. 어두워지기 전에 라면을 끓여 먹고 우리는 마을로 내려가서 막걸리를 사 왔다.

우리는 호롱불을 켜고 마주 앉아서 막걸리를 마셨다. 그 섬에는 전기가 들어오지 않았다. 전기가 들어오지 않는 마을의 밤은 색다른 느낌이었다.

동호의 숙소 문이 스르르 열렸다. 그리고 여자가 방으로 들어왔다. 이 학교의 젊은 여선생인 인경. 인경은 작년에 이 학교로 온 처녀 선생으로 체육과 무용을 가르친다고 했다.

우리 셋은 같이 막걸리를 마시고 오래된 친구들처럼 이야기를 나누었다.

인경이 내게 물어보았다.

"해금강 가 보셨어요?"

나는 고개를 저었다.

"바다 위에 보석이 떠 있대요. 하하"

동호가 말했다.

"우리 내일 저녁에 해금강으로 가 볼까?"

"왜 내일 저녁이야?"

"가는 길이 멀어서 중간에서 자고 가야 돼."

우리는 다음 날 오후에 출발하기로 했다. 나는 졸렸다. 인경이 일어서서 자기 숙소로 가겠다고 했다. 인경은 학교 운동장 건너 관사에 살고 있었다. 동호는 인경을 데려다주고 오겠다고 일어서면서 플래시를 집어 들었다. 나는 바로 잠으로 빠져들었다.

한밤중에 잠에서 깨어 밖으로 나가 오줌을 누고 방으로 들어왔다. 어둠 속에서 동호를 찾아보았다. 그러나 동호는 보이지 않았다. 나는 중얼거렸다.

"인경이 아주 먼 곳에 살고 있구나."

그리고 다시 잠들었다.

동호는 새벽에 방으로 들어왔다. 낯선 냄새. 동호의 정액 냄새에 내 눈이 열렸으나 나는 모른 척하고 그냥 눈을 감았다.

골짜기에는 저수지들이 있었다. 저수지 옆으로 난 길을

따라서 우리는 오랫동안 걸었다. 그리고 어두워져서야 산을 넘었다. 산 너머에는 동호의 친구가 살고 있었다.

동호의 친구는 군청에 다니고 있었다. 동호와 인경, 그리고 동호의 친구와 나는 바닷가로 걸어갔다. 동호의 친구는 긴 막대기를 어깨에 메고 걸어갔다. 바닷가에는 작은 몽돌들이 깔려있었다. 파도는 몽돌들을 밀어 올리며 요란한 소리를 내었다. 우리는 해수욕장을 지나 커다란 건물 앞으로 걸어갔다. 그곳은 방앗간이었다. 동호의 친구는 방앗간 앞에 놓여 있던 배터리들 가운데 하나를 찾아내었다. 배터리에는 손잡이처럼 생긴 줄이 두 개 달려 있었다. 그 줄에 막대기를 넣어서 동호와 동호의 친구가 어깨에 메고 다시 동호의 친구 집으로 걸어갔다. 그 배터리에 전선을 연결해서 텔레비전을 틀었다.

인경은 다른 방에서 자고 동호와 동호의 친구, 그리고 나, 셋은 한방에 누웠다. 갑자기 조용해졌고 파도 소리가 크게 들렸다. 나는 쉽게 잠들지 못했다. 파도 소리는 바로 옆으로 다가와 나를 덮칠 것만 같았다. 나는 그 소리를 피해서 새우처럼 온몸을 구부리고 있다가 잠들었다.

해금강으로 가는 첫 버스는 새벽에 떠나버렸다. 우리는 늦은 아침을 먹고 동호 친구의 집을 떠났다. 우리 셋은 해금강까지 걸어가기로 했다. 바닷가로 이어진 길은 자갈길이었다. 그 길을 따라 걸어가는데 해금강은 보이지 않았다. 육지에서 해금강 쪽으로 튀어나온 땅에 가려 해금강이 보이지 않는다고 동호가 말했다. 우리는 자갈길을 걸으면서 보이지 않는 해금강에 관해 이야기했다. 동호가 말했다.

"거기 가면 유람선이 있는데, 유람선을 타고 섬을 한 바퀴 돌면 멋진 절벽과 동굴들이 보인다고 해."

인경이 말했다.

"그 동굴 속에 황금박쥐가 살고 있지 않을까?"

날씨는 더웠다. 우리는 모두 겉옷을 벗었다. 길은 산 중턱을 오르고 있었다. 길 왼쪽으로 내려다보인 바다는 눈부셨다. 바다는 반짝거리다가 모래가 되었다. 우리는 사막이 내려다보이는 길을 걸어갔다. 사막 가운데 낙타들이 몇 마리 걸어 다니고 있는 것이 보였다.

인경이 왼발을 절기 시작했다. 동호가 인경을 길가로 데려가서 앉혔다. 인경의 왼발 뒤꿈치가 벗겨졌다. 동호가 말했다.

"돌아갈까?"

인경이 말했다.

"괜찮아요. 해금강에 가면 버스가 있겠지⋯⋯."

동호의 손수건으로 인경의 왼발 뒤꿈치를 감싸서 묶고 우리는 그대로 걸어갔다. 내려다보이던 사막에는 해금강이 보이지 않았다. 낙타들은 멀리 사라지기도 했고 또 몇 마리 새로 나타나기도 했다.

우리는 드디어 해금강 입구에 도착했다. 그러나 좋지 않은 소식이 우리를 기다리고 있었다. 해금강 유람선이 고장 나서 움직이지 못한다고 했다.

우리는 해금강 입구의 작은 상점에서 얼음과자를 사서 하나씩 빨아먹었다.

유람선을 타지 않고 해금강을 뭍에서 바라다보고 오는 데에도 시간이 걸린다고 했고, 돌아가는 버스는 곧 떠난다고 했다. 다음 버스는 저녁에 한 대 있다고 했다.

인경은 동호와 나에게 자기 때문에 포기하지 말고 해금강이 보이는 곳까지 갔다 오라고 했다. 그러나 우리는 결정

했다. 그냥 돌아가자. 다음에 오자.

버스를 타고 돌아오면서 우리는 사막을 내려다보았다. 낙타들은 계속 사막 위로 걸어 다니고 있었다.

버스를 갈아타고 동호네 학교로 돌아왔다. 교무실에 있던 응급치료함을 열고 약품을 끄집어내어서 내가 인경의 뒤꿈치를 치료했다. 인경의 뒤꿈치에 거즈와 반창고가 붙었다. 인경은 그 위에 양말을 신고 나서 말했다.
"저녁은 우리 집에 와서 드세요."

동호와 나는 동호의 숙소로 갔다.
둘은 어두워질 때까지 바둑을 두 판 두었다. 그리고 인경의 숙소로 갔다. 사택은 최근에 지어져서 깨끗했다. 인경이 저녁상을 차렸다. 인경은 양주를 내놓았다. 우리는 저녁을 먹고 양주를 마셨다.

동호와 나는 동호의 숙소로 돌아와서 다시 바둑을 두 판 두었다. 그리고 잠자리에 들었다. 동호는 곤히 자고 있었다. 그러나 나는 눈을 뜨고 있었다.

나는 동호의 숙소를 빠져나와 운동장으로 가서 담배를 피웠다.

운동장 맞은편 사택으로 돌아 들어가는 곳에 있던 창고 근처가 밝았다. 호롱불이 그곳을 비추고 있는 것 같았다. 나는 운동장을 가로질러 걸어가 보았다.

창고 벽에 호롱불을 걸어 놓고 인경 혼자서 춤을 추고 있었다. 마치 허공에 파트너가 있는 듯, 두 손은 허공을 안은 채 콧노래를 흥얼거리면서 블루스 스텝을 밟고 제 자리에서 도는 동작을 반복하고 있었다.

내 발소리를 듣고 인경은 내게 고개를 돌리면서 물었다.

"왈츠 출 수 있어요?"

"기본은 압니다."

"그럼 됐어요."

인경과 나는 왈츠를 추었다. 다소 뻣뻣했지만, 나는 인경과 스텝이 맞았다. 인경은 자유자재로 춤을 추었다. 인경의 얼굴에서는 양주의 향이 강하게 풍겼다. 나는 「지난여름의 왈츠」를 콧노래로 흥얼거렸다. 내 콧노래가 끝나고 둘은 어색하게 서서 마주 보고 있었다. 인경이 내게 물었다.

"탱고 출 수 있어요?"

나는 고개를 옆으로 흔들었다. 인경은 내게 스텝을 가르쳐주었다. 나는 몇 번 연습했다. 그리고 인경의 앞에 섰다. 둘은 연습으로 스텝을 밟아보았다. 인경이 말했다.

"좋아요, 좋아요, 됐어요."

나는 스텝을 밟으면서 「서울야곡」을 불렀다.

　　봄비를 맞으면서 충무로 걸어갈 때
　　쇼윈도 글라스엔 눈물이 흘렀다
　　　……

우리는 몇 번 더 춤을 추었다. 마지막으로 나는 「소렌자라」를 불렀다.

춤이 끝났을 때 인경은 내 입에 키스했다. 나도 인경의 입술을 빨았다.

인경은 호롱불을 걷어서 숙소로 들어갔다. 나는 담배를 한 대 불 붙여 물고 운동장을 가로질러 동호의 숙소로 걸어갔다.

　다음 해에 동호는 작은 도시에 있는 학교로 옮겨가 있었
다. 군 복무를 마친 나는 그 도시로 가서 동호를 만났다.
동호는 말없이 술을 자꾸 마셨다. 그리고 술에 취해서야
겨우 말을 뱉었다.
　"인경이 속에는 남자가 많았어."

　내 집에 있던 해금강은 보이지 않았다. 여기저기로 이사
다니면서 잃어버린 것인지 아니면 해금강 스스로 뿌리를
뻗어서 어디로 가 버린 것인지도 모른다.

보이지 않는 친구

　내가 베이징으로 떠나기 며칠 전에 윤세 어머니에게서 연락이 왔다. 윤세 어머니는 윤세의 시신을 인수할 사람이 없어서 내게 부탁한다고 했다. 윤세 어머니는 잘 움직이지 못했다. 윤세 어머니는 내게 자꾸 미안하다고 말했다.

　윤세의 시신은 가지산 쌀개바위에서 조금 떨어진 숲속에서 발견되었다. 계절이 겨울이어서 시신이 많이 상하지는 않았고 영혼이 떠나간 지 달포 넘어 되어 보였다고 했다. 시신은 가부좌를 틀고 앉은 자세로 바위에 기대어 있었다고 했다. 나는 시체 보관실에 가서 시신을 확인했다. 같이 간 경찰이 말했다.
　"우리 전경 둘이 들것에 실어 도로까지 옮겼는데요. 그렇게 가볍더래요."

나는 중얼거렸다.

"이 친구 정말 한 겹 벗어버렸구나."

시신을 화장하고 암자에 영가를 안장했다. 나는 윤세 어머니를 찾아가서 위로의 말을 전했다. 윤희가 어머니 집에 와 있었다. 윤희는 나를 보고 울었다. 윤희는 새 남자를 만났고 배가 많이 불러 있었다. 나는 윤희의 어깨를 두드려주었다.

왕푸징에서 대운이를 만났다. 대운이는 은행을 그만두고 베이징에서 오퍼상을 하고 있었다. 오리고기 집에서 술을 마시면서 대운이가 말했다.

"윤세가 살아 있다는 소문이 있습니다. 믿을 수 없겠지만, 인제 근처에서 무당이 되어 있다는 겁니다."

"내가 시신을 확인했습니다. 수염이 많이 자랐지만, 윤세가 분명했어요."

"그런데, 소문이 그렇다는 겁니다. 장이 서는 곳을 돌아다니는데 제법 용하다고 하던데요."

숙소로 돌아왔는데 입안에서 모래가 서걱거렸다.

여름휴가 때 한국으로 돌아와서 인제와 양구를 찾아가 보았다. 장터에서 만난 사람들은 거의 다 고개를 저었다. 그러다가 박수 이야기를 들은 적이 있다는 사람을 몇 만났으나 다들 기억이 희미해서 잘 모르겠다고 했고 벌써 옛날이야기라고 했다.

나는 양구에서 배를 타고 소양강을 건넜다. 살아서 잘 보이지 않던 윤세는 죽어서도 보이지 않았다.

다시 대운이를 만났다. 대운이는 많이 취해 있었다.

"중국 사람들 속아지를 알 수 없어요. 아프지만 접습니다. 나, 돌아갈 겁니다."

나도 돌아가고 싶었다. 하지만 그럴 수 없었다.

내가 한국에 다시 온 것은 그로부터 몇 년 지난 가을이었다.

소백산 자락 작은 읍 소재지의 여관을 찾아갔다. 여관은 오래된 한옥이었다. 허름했다. 여관 문을 지나 한번 꺾어 들어가니 마루에 앉아 손님을 맞이하고 번호표를 주는 아주머니가 있었다. 나는 번호표를 받아 쥐었다. 내 앞에 세 사람의 손님이 대기하고 있었다. 무당이 있다는 방은 안방이었고 나는 그 앞 마루방에서 기다리던 사람들과 같이 방석 위에 앉아 눈을 감고 있었다.

장구 소리가 들렸다. 가슴이 빠개지는 것 같았다.

장구를 가늘게 두드리는 소리가 났다. 무당이 무어라고 말을 했다. 무당의 목소리는 윤세 목소리와는 달랐다. 더 굵고 낮은 데다 갈라져 있었다. 그런데, 이야기를 끌고 가는 투와 호흡은 윤세와 많이 닮아있었다. 나는 가슴 졸이며 기다렸다.

내 앞 손님이 무당의 방에서 나오고 방문이 닫혔다. 조금 있다가 무당의 목소리가 들렸다.

"이기 누고! 어서 들어와."

나는 미닫이문을 열고 안방으로 들어갔다. 안방 맞은편 벽에는 삼신할머니, 호랑이, 그리고 부처와 보살들이 많이 그려져 있었다. 천장에는 울긋불긋한 띠들과 금빛 찬란한 띠들이 많이 드리워져 있었고 여기저기 촛불들이 많이 켜져 있었다. 방 한가운데에 작은 상 하나가 놓여 있었고 그 옆에 장구가 놓여 있었다.

눈을 뜨고 열심히 찾아보았지만, 무당은 보이지 않았다.

"친구야, 오랜만이다. 바다 건너서 오셨네."

윤세의 목소리가 아니었지만 반가웠다. 나는 말했다.

"윤세야, 안 보이네."

장구를 가볍게 치는 소리가 났다.

"옛날에 날 알던 사람은 날 볼 수 없네. 미안하다."

잠시 후, 보이지 않는 손이 내 손을 잡았다. 그리고 보이지 않는 몸이 내 몸을 껴안았다. 나도 그 몸을 껴안았다. 몸은 윤세의 몸 같았다. 그의 몸이 내게서 떨어지고 다시 장구 앞에 앉는 소리가 났다. 잠깐 장구가 울리고 목소리가 들렸다.

"누구한테 소식을 들었노?"

"대운이한테 들었다."

"대운이도, 엄마도, 윤희도 왔다가 울면서 돌아갔다."

잠시 고요함 속에 앉아 있었다.

목소리가 들렸다.

"가지산 일은 고맙다."

"그런 말 하지 마라."

"니가 어떻게 된다 해도 나는 아무것도 해 줄 수가 없다."

장구 소리는 계속되었다. 오랫동안 우리는 말이 없었다. 내가 말했다.

"내가 장구 쳐도 되겠나?"

장구가 허공에 떴다가 내 앞에 놓였다. 나는 채를 잡고 천천히 장단을 쳤다. 오랜만에 쳤어도 장구는 잘 울렸다.

장구의 박자가 조금씩 빨라졌다. 버선발로 방바닥을 비비는 소리와 장삼이 흔들리는 소리, 방울이 흔들리는 소리가 났다. 박자는 자꾸 빨라졌다. 춤추는 소리와 방울 소리도 더 요란해졌다. 한참 동안 신이 나서 장구를 치던 나는 갑자기 박자를 떨구었다. 몸 하나가 방바닥에 털썩 떨어지는 소리가 들렸다. 나는 마지막 장단을 치고 장구채를 놓았다. 그리고 미닫이문을 열고 방을 빠져나왔다.

버스를 타고 돌아오는 길에 눈물은 자꾸 흘러내렸다.

제2부

푸른 말

　연지는 노란 옷을 입었다. 박물관으로 가는 길가 초록색 벤치에 노랗게 앉아 있었다. 나는 연지 옆에 앉았다. 해가 지고 있었다. 우리는 박물관 옆에 만들어 놓은 커다란 옛 무덤 위로 올라갔다. 그 무덤 속에는 가야 시대의 항아리와 식기들, 장식들, 마구, 칼과 화살촉들이 들어 있었다. 그 시대에 죽은 사람들이 누웠던 곳도 진짜처럼 만들어 놓았다.

　가까운 소나무 숲들이 어둠 속으로 허물어지고 대학의 하얀 건물들이 멀리서 희미해지고 있었다. 나는 연지의 손을 잡았다. 연지도 내 손을 잡았다. 둘은 무덤 꼭대기에서 하늘을 보고 누웠다. 달이 희미하게 솟아오르고 있었다. 나는 연지의 입에 내 입을 갖다 대었다. 연지의 입술은 차가웠다. 나는 연지를 껴안았다. 연지와 나는 미끄러졌다. 연지와 나는 가야 시대로 떨어져 내려갔다.

서늘한 가을밤이었다. 연지와 나는 강이 내려다보이는 언덕— 말 무덤 앞에 나란히 앉았다. 연지는 강을 쳐다보고 있었다. 강은 얼지 않았다. 강은 할 말이 많은 듯 하얀 비늘을 세우며 흘렀다. 연지는 물었다.

　"도대체 우리는 어디로 흘러가는가요?"

　나는 그 물음 위에 입술을 덮었다. 연지는 나를 안았다. 나는 연지 머리를 말 무덤에 기대고 연지의 바지를 벗겼다. 팬티가 벗겨진 연지의 아랫도리는 아름다웠다. 나는 내 바지를 내리고 무릎을 꿇고 연지를 향해 내려갔다. 연지가 무어라고 말을 했다. 나는 화난 사람처럼 연지 속으로 들어갔다. 연지는 아프다고 말했다. 연지는 안 된다고 말했다. 나는 못 들은 것처럼 "사랑해, 사랑해!" 하며 내려갔다.

　연지는 말없이 누워 있었다. 땅속에서 말 울음소리가 들렸다. 강물이 큰 소리를 내며 흘렀다. 내 속귀가 울었다. 연지는 누워서 눈물을 흘렸다. 나는 내 손으로 연지의 눈물을 닦아 주었다. 그리고 내 손으로 연지의 아랫도리를 훔쳐 주었다. 내 정액이 접착제처럼 손바닥에 묻어나왔다.

　연지와 나는 바지를 입고 말 무덤 앞에 앉아 있었다. 나는 연지 옆에 앉아 연지를 꼭 껴안았다. 연지가 말했다.

"언젠가는 저 강도 흐르지 않게 된대요. 그리고 이 무덤에 묻힌 말은 푸른 말이었대요."

강물 위에 말들이 달리는 것이 보였다. 말들은 소리치며 달리고 있었다.

기숙사에 가 보았으나 연지는 짐을 싸서 나갔다고 했다. 연지에게 연락할 수가 없었다. 내 고등학교 후배인 한결은 연지와 같은 반이었다. 나는 한결을 찾아갔다. 한결은 한쪽 손목에 탄력 붕대를 감고 있었다. 한결은 내게 말했다.

"연지, 학교 그만두었습니다. 연지 집이 불타고 식구들이 모두 다 죽었다고 합니다."

한결은 나를 물끄러미 쳐다보고 나서 말했다.

"연지는 피가 푸른색이래요. 몰랐지요?"

바람이 불어서 달력이 빠르게 넘어갔다. 나는 예비군복을 입고 다시 한결을 만났다. 한결도 예비군복을 입고 있었다. 우리는 같이 소주를 마셨다.

"잘 모릅니다. 이 지방을 떠나 피가 푸른 사람들이 사는 지방으로 갔다는 소문이 있었습니다. 그런데 연지가 그 지방에 가서 아이를 낳다가 죽었다는 소문도 있었고 연지가 낳은 것이 말이었다는 소문도 있었어요."

한결은 소주잔을 이빨로 깨물었다. 그리고 웃었다.

"이거 군대에서 배운 겁니다."

한결의 입속에 피가 고였다.

나도 소주잔을 한번 씹어볼까 하다가 관두었다. 나는 소주를 많이 마셨다. 눈앞이 짙은 푸름으로 바뀌었다.

경마장 가는 길에는 사람들이 많았다. 내 옆에서 걸어가던 노인이 말했다.

"스무 살이 넘으면서 경마장에 다니기 시작했어. 결국은 다 털어먹게 돼. 구경만 하고 가시게. 절대로 마권 사지 마!"

노인은 마권 파는 곳으로 갔다. 나는 경주마 보여주는 예시장으로 갔다. 오늘 출전할 말들이 뚜벅뚜벅 작은 마당을 걸어 다녔고 기수들이 그 옆에서 같이 걷고 있었다.

푸른 말이 보였다. 두 눈 사이에 푸른 털들이 보였다. 갈기는 갈색과 푸른색이 섞여 있었다. 나는 가슴이 두근거리는 걸 느꼈다.

사람들이 몹시 떠들어대고 있었다. 푸른 말의 예상 성적은 상위권이었다. 음료수 가게 앞에서 노인을 다시 만났다.

"안 샀지?"

나는 고개를 끄덕였다. 노인이 말했다.

"한 번 구경만 하고 다시는 오지 마."

세 번째 경주에 푸른 말이 보였다. 푸른 말은 잘 달렸다. 그러나 마지막 곡선주로에서 뒤지기 시작했다. 푸른 말은 곡선 주로를 벗어나 혼자 겅중대며 경주를 포기했다. 푸른 말은 경주로를 거꾸로 달렸다. 기수가 고삐를 잡아당겼으나 몸을 흔들어서 기수를 떨어뜨려 버렸다. 푸른 말은 경주를 마친 말들 사이로 뛰어갔다.

며칠 뒤, 푸른 말은 마사를 벗어나 경마장 울타리를 부수고 남쪽으로 달리기 시작했다. 푸른 말을 피하려다가 차들이 부딪치고 사람들이 죽었다.

남쪽으로 가는 도로 위에서 푸른 말은 총을 맞고 쓰러졌다.

"저런 푸른 말은 가야 시대에 많았다고 합니다. 그런데 저 말이 왜 뛰쳐나와서 남쪽으로 달렸는지 참 알 수 없는 일이군요."

푸른 말은 내 트럭에 실렸다. 나는 돈을 주었다. 담당자는 희미하게 웃으면서 말했다.

"고기 맛을 아시는군요."

옛날에 연지와 함께 갔던 강가 언덕 위 말 무덤 옆에 새 무덤을 파 놓았다. 그 무덤 옆에 푸른 말은 내려졌다. 강물이 저 멀리서 의문을 펄럭거리며 흐를 뿐 밤은 조용했다.

나는 푸른 말의 비밀번호를 눌렀다. 푸른 말의 문이 열렸다. 나는 푸른 말 속으로 들어갔다. 푸른 말 속은 크고 웅장했다. 랜턴을 비추며 한참 헤맨 끝에 구석진 곳에서 쪼그리고 앉아 있던 푸르고 작은 말을 발견했다. 나는 작은 말을 안고 푸른 말을 벗어 나왔다.

무덤가 풀밭 위에 작은 말을 내려놓았다. 작은 말은 움직이지 않았다. 작은 말을 안고 강가로 내려갔다. 강 깊은 곳에서는 푸른 말들이 소리 지르며 흐르고 있었다. 강물에 놓아주니 작은 말은 깡충깡충 뛰기 시작했다. 나는 두 손을 흔들어 작별 인사를 했다. 작은 말은 몇 번 맴돌다가 강 속의 푸른 말들 속으로 들어갔다.

돌아보니 포크레인이 푸른 말을 밀고 있었다. 푸른 말은 큰 소리를 내며 무덤 속으로 떨어졌다.

한결은 맥주병을 깨어 상대의 얼굴을 찔렀다. 상대는 칼로 한결의 가슴을 찔렀다. 한결은 한숨을 크게 한 번 쉬고 숨을 거두었다.

한결의 영정에 절하고 나오니 장례식장 구석에 연지가 앉아 있는 것이 보였다. 연지는 나를 보더니 자리에서 일어났다.

우리는 장례식장 옥상으로 올라가 서 있었다. 멀리 바다가 내려다보였다.

연지는 남자를 만나 잘살고 있다고 말했다. 나는 푸른 말을 아는지 물었다. 연지는 얼굴색이 바뀌지 않았다.

"그 소문들도 사실이에요. 푸른 말은 당신의 아이였어요. 나는 두 가지 생을 겪었어요."

나는 푸른 말의 죽음과 아기 말 이야기를 해주었다.

연지는 바다를 바라본 채 내게 물었다.

"다음 세상은 있는 건가요?"

나는 말없이 연지의 손을 잡았다.

언덕 위 잠수함

약속은 잊혔다. 그런 줄 알면서도 어두워지면 창을 닫고 구두를 끄집어내어 먼지를 턴다. 파카를 입고 어둠 속으로 나가 본다. 행여 그 약속을 기억하는 발걸음 하나가 저쪽에서 구두를 신고 이쪽으로 걸어올 거라는 생각 속으로 걸어가 보는 것이다.

내가 10년 전 정월 초하룻날부터 어두워지면 구두를 신고 집을 나선 것은 약속한 날짜를 잊어버렸기 때문이다.

나는 여자의 등을 타고 물속을 지나왔다. 여자는 어두운 강가에 나를 내려놓았다. 나는 물을 빠져나와 맨발로 땅에 올라섰다. 온몸은 젖어서 떨렸고 이빨이 서로 부딪쳤다. 여자는 한동안 물속에 있었다. 여자는 멈추었다가 잠깐 몸을 일으켰다. 어둠 속이라 분명히 보지는 못했다. 여

자는 사람이 아닌 것 같았다. 둥그런 모양이어서 마치 거북
이 같아 보였다. 여자는 한숨을 뱉으며 중얼거렸다.

"언제 언제 여기서 봐요."

나는 마치 다 알아들은 것처럼 고개를 끄덕거렸다. 그러
나 그것은 추워서 떨고 있던 내 몸짓이었다. 나는 입이 열
리지 않았다.

여자는 물속으로 사라졌다. 나는 여자가 한 말을 되뇌며
강가를 빠져나갔다.

"언제 언제 여기서 봐요."

강에서 가까운 곳 언덕 위에 내 집이 생겼다. 내가 집을
지었다. 집은 잠수함처럼 생겼다. 잠수함 위쪽 출입구에는
거북이를 그린 깃발을 달아놓았다. 강물이 언덕 위를 넘기
만 하면 잠수함은 강 속으로 들어가 앞으로 나아갈 수 있
었다.

나는 잠들기 전에 늘 되뇌었다.

"언제 언제 강가에서 봐요."

바람이 많이 불던 여름날이었다. 아침에 문을 열고 밖으

로 나선 나는 "강가에서 봐요"라고 중얼거리고 있었다. "언제 언제"가 바람에 날아가 버렸다. 나는 "언제 언제"가 날아간 줄도 모르고 중얼거리고 있었다.

"강가에서 봐요."

강가에 서 있었을 때 작은 배 한 척이 강 가운데에서 내가 서 있던 곳으로 다가왔다. 배 위에는 아무도 없었다. 배가 내게 말했다.

"떠나지 않을래?"

나는 고개를 흔들었다. 배는 다시 말했다.

"누굴 기다리는구나."

나는 고개를 끄덕거렸다.

강가에 서 있었을 때 잠옷 입은 여자가 마을에서 강가로 걸어왔다. 여자는 약간 비틀거리며 걸었다. 여자는 가슴에 보따리를 안고 있었다. 여자는 담배 한 대 입에 물면서 말했다.

"불 좀 빌려주세요."

나는 여자의 담배에 불을 붙여주었다. 여자는 담배 한

대를 내게 주었다. 나는 담배를 받아 물고 불을 붙였다. 강가에서 여자와 나는 담배 연기를 깊이 들이마셨다. 눈앞이 돌면서 여자가 거꾸로 섰다. 여자가 물었다.

"죽으려고 해 본 적이 있나요?"

나는 대답하지 못했다. 너무 어지럽고 속이 메스꺼웠다. 나는 쪼그리고 앉았다. 여자가 말했다.

"아무리 죽으려고 해도 죽어지지 않아요."

눈앞이 맑아지고 정신이 돌아왔다. 바로 선 여자가 말했다.

"그 사람과 같이 약 먹었는데 나만 살았어요."

여자는 담배를 강물에 던지고 사라졌다.

강물 속에서 어두운 물체가 내 쪽으로 다가왔다. 나는 긴장했다. 거북이. 아니, 약속한 옛날의 그 여자가 다가오는 것 같았다. 나는 오른손을 하늘로 박았다. 그리고 라이터 불을 컸다. 주위는 그리 많이 밝아지지 않았다. 어두운 물체는 내 가까이에 와서 멈추었다. 그리고 물에서 일어섰다. 잠수복을 입은 남자가 작살총을 들고 걸어 나왔다. 남자는 물안경을 벗으면서 내게 물었다.

"미친년 못 보았소?"

나는 고개를 흔들었다.

"보따리 하나 안고 다닌다고 하던데……."

나는 고개를 흔들었다.

"씨발 년, 남편 죽이고 보따리 챙겨 나갔다는데……."

남자는 물안경을 끼고 물속으로 사라졌다.

보따리 든 여자가 사라진 쪽에서 반짝이는 원피스를 입은 여자가 나타났다. 여자는 좀 전에 보따리를 들고 온 여자였다. 여자는 나를 보고 웃었다. 나는 물었다.

"보따리는 어쨌어요?"

"보따리 속에 이 옷이 있었지요. 어때요?"

"예쁩니다. 그런데 빨리 도망가세요."

여자는 원피스를 벗어 나무에 걸어두고 사라졌다. 물속에서 작살이 날아왔다. 원피스에 작살이 꽂혔다.

남자는 물에서 걸어 나왔다. 남자는 나무로 다가가서 작살을 뽑았다. 그리고 중얼거렸다.

"놓쳤네."

남자는 다시 물속으로 들어가려다가 내게 물어보았다.

"혹시 거북선 본 적이 있소?"

나는 고개를 저었다.

강 건너편 하늘에서 불꽃놀이가 시작되었다. 불꽃들은 내 눈 속으로 들어와서 가지런하던 생각들을 흩어놓았다. 몇몇 생각들은 불꽃을 맞아 먼 곳으로 튕겨 나갔다. 제 자리를 지키고 있던 생각들 위로 조명탄이 천천히 떨어졌다. 잠시 후 생각들은 마그네슘 가루처럼 "픽!" 소리를 내며 불탔다. 내 눈알 가득 연기가 날아다녔다.

그러나 나는 알고 있다. 생각들은 그 정도로는 없어지지 않는다. 개체가 소멸한다 해도 생각은 말뚝처럼 살아있다. 그리고 오래 존재한다.

손등으로 눈물을 닦았다. 불꽃놀이는 계속되었다. 불꽃들이 강물에 비쳐 흘러내리는 사이로 배가 지나갔다. 실눈을 뜨고 쳐다보았다. 거북선이 지나가고 있었다. 전쟁은 아직 끝나지 않았다.

가까운 강에서 무엇이 솟구쳐 올라 퍼덕거리다가 다시 물속으로 사라졌다.

나는 나무에 걸려있던 원피스를 걷었다. 그리고 중얼거렸다.

"오늘은 돌아가자."

상어처럼 빠르게 헤엄치던 물체 하나가 강에서 나와 내게 다가왔다. 나는 발걸음을 멈추었다. 발가벗은 여자가 물에서 걸어 나왔다. 여자가 말했다.

"거북 언니 기다리는 분이죠?"

"그렇습니다."

"언니가 아파서 못 옵니다."

여자는 손바닥으로 자기 몸에 묻어있던 물기를 훑어내며 내게 다가왔다. 여자의 알몸은 눈부셨다. 나는 들고 있던 원피스를 여자에게 건넸다. 여자는 원피스를 입었다. 자세히 쳐다보니 여자는 조금 전에 보따리를 안고 왔던 그 여자였다. 여자가 말했다.

"언니가 선생님을 모시고 오라고 했습니다."

나는 한참을 서 있었다. 그리고 물었다.

"무얼 타고 가지요?"

"거북선을 타고 가야 합니다. 그런데 전쟁 중이라……."

나는 자신 있게 말했다.

"우리 집에 배가 있습니다."

우리는 언덕 위로 걸어갔다. 걸어가면서 내가 물어보았다.

"작살총을 든 남자는 누굽니까?"

"날 따라다니며 험담하고 괴롭히던 짐승입니다. 좀 전에 해치웠어요."

여자는 거북 언니가 병이 깊어져 오래 못 살 것 같다고 했다. 나는 울었다. 여자가 나를 안아주었다. 여자는 자기의 이름이 인어라고 했다.

나는 말려놓은 토끼의 간을 락앤락에 담았다.

집 밖에는 비가 오기 시작했다. 나는 잠수함의 창들을 다 닫았다. 잠수함 속은 따뜻해졌다. 우리는 같이 술을 마셨다. 우리는 노래하고 춤추었다. 우리는 옷을 벗고 침대로 들어갔다.

비가 많이 내렸고 강물은 언덕을 넘실거렸다. 잠수함은 뒤뚱거리다가 강 속으로 미끄러져 들어갔다.

구용녀

　주차장에 차를 세워 두고 인어와 나는 요양원 사무실에 가서 면회 신청을 했다.

　점심 먹을 시간이어서 요양원에 있던 노인 중 휠체어를 타고 이동할 수 있거나 걸을 수 있는 사람들은 모두 넓은 홀에 모여 있었다. 대개 여자들인 노인들은 풀밭에 모인 하얀 학들 같았다.

　학들 속에서 분홍색 유니폼을 입은 도우미 아주머니가 손뼉을 치면서 노래를 부르고 학들은 따라서 노래 부르고 있었다. 도우미 아주머니에게서 멀리 떨어진 곳에서 남자 노인 한 사람이 벽에 몸을 기댄 채 누군가의 이름을 자꾸 불러대고 있었다.

　학들이 모여 있던 홀을 지나 요양원 직원이 가르쳐준 방으로 들어갔다. 방에는 세 개의 침대가 놓여 있었다. 거북 할머니는 따뜻한 햇볕이 드는 침대에 누워 있었다. 거북 할머니는 우리가 온 줄도 모르고 혼자 고개를 좌우로 돌리면서 중얼거리고 있었다.

침대에는 거북 할머니의 이름표가 붙어 있었다.

이름 구룡녀(龜龍女) 성별 우 나이 595세

나는 거북 할머니에게 다가가서 섰다. 거북 할머니는 돌리던 고개를 멈추고 나를 쳐다보았다. 측광이 비친 거북 할머니의 얼굴에는 주름이 많이 보였다.

주름살 속에서 말이 튀어나왔다.

"이기 누구요?"

"저 연팝니다."

거북 할머니는 두 손으로 내 손을 잡았다.

"인자 힘들어서 못 가겠어요. 미안해요."

"아닙니다. 저는 괜찮습니다."

주름살 속에 박혀 있던 예쁜 눈이 반짝거렸다. 눈에서 눈물이 흘렀다. 내 눈에서도 눈물이 흘렀다.

마을의 바닷가 모래사장에 굿판이 벌어진 것은 그해 봄

날이었다. 마을 부잣집 영감에게 병이 찾아왔다. 대학병원들도 잘 모른다는 병이었다. 영감은 집으로 돌아와서 누웠다. 그리고 용하다는 용왕 별신굿을 벌이기로 했다.

모래사장에 천막이 들어서고 사흘 동안 굿판이 벌어졌다. 동네 사람들이 거의 다 굿판에 놀러 가서 떡과 술을 얻어먹고 같이 노래도 불렀다. 나는 밤마다 자전거를 타고 가서 바닷가의 굿판을 구경하고 어두운 바다를 쳐다보다가 돌아왔다.

사흘째 되던 밤에 굿은 막바지에 올랐다. 바닷가 모래 위에 매어놓은 천막 아래 장구를 바닥에 놓고 무당이 앉아 있었다. 무당 앞에는 소복 입은 젊은 여인이 앉아 있었다. 무당은 마이크에 입을 대고 조용조용히 말했다.

소복 입은 여인은 아픈 영감의 며느리였다. 여인은 무당 앞에 앉아서 고개를 숙이고 대나무 공예품인 커다란 새를 잡고 있었다. 죽은 시할아버지의 혼이 여인에게 들어와 있었다. 무당이 장구채로 장구를 가늘게 때리면서 소복 입은 여인에게 말했다.

"아재요, 아재요, 오셨소?"

소복 입은 여인은 대나무 새를 흔들면서 울었다. 무당은 물어보았다.

"아재요, 아재요, 누가 보고 싶소? 아드님이 보고 싶소? 따님이 보고 싶소?"

소복 입은 여인은 고개를 가로저었다. 무당은 다시 물어보았다.

"아재요, 그러면 누가 보고 싶소? 사우가 보고 싶소?"

소복 입은 여인은 고개를 크게 끄덕였다.

무당은 모래사장에 앉아 있던 마을 사람들에게 이 집 사위가 어디 있는가 물었다. 얼굴이 붉어진 남자 하나가 말했다.

"아까 버스 타고 울산 갔다."

무당이 소복 입은 여인에게 말했다.

"아재요, 사우는 울산 갔다는데요."

그때 소복 입은 여인이 크게 소리 질렀다.

"아이다! 이 동네에 있다!"

동네 사람들이 웅성거렸다. 두 명의 남자가 면사무소 쪽으로 뛰어갔다.

영감댁 매제는 면사무소 앞 술집에서 막걸리 마시다가

끌려왔다. 그는 끌려오면서도 손을 뿌리치면서 소리 질렀
다.

"아이 씨, 와 이라노!"

그러나 굿판 주위를 둘러보고는 풀이 죽었다. 마을 사람
들이 말했다.

"돈, 돈 꼽아라!"

영감댁 매제는 지갑에서 만 원짜리 몇 개를 끄집어내어
서 소복 입은 여인이 잡고 있던 대나무 새에 꽂았다. 무당
이 마이크에 입을 대었다.

"장인어른 오셨습니다. 절하세요."

영감댁 매제는 소복 입은 여인에게 절을 두 번 하고 모래
사장에 무릎을 꿇고 앉았다. 소복 입은 여인은 대나무 새
를 잡고 흔들다가 갑자기 대나무 새를 팽개치고 영감의 매
제에게 무릎으로 걸어가서 그를 껴안고 울기 시작했다. 동
네 사람들이 소리를 지르고 손뼉을 쳤다. 무당이 마이크에
입을 대고 말했다.

"자, 이제 우리 놉시다!"

무당이 장구를 치면서 노래를 불렀다. 꽹과리와 태평소
가 울었다. 앉아 있던 마을 사람들이 모두 일어나서 춤을

추었다.

　나는 굿판에서 눈을 들어 어두운 바다를 보고 있었다.
갯바위에서 얼마 떨어지지 않은 곳에서 검은 물체가 잠시
솟아올라 있다가 물속으로 들어갔다. 검은 물체는 서쪽으
로 움직이고 있었다.
　나는 자전거를 타고 서쪽으로 달렸다. 달빛이 밝았다. 검
은 물체는 빠른 속도로 작은 마을을 지나갔다. 검은 물체
는 어느덧 바위 위에 올라가 있었다. 나는 길가에 자전거
를 세워 두고 바닷가로 뛰어갔다. 검은 물체는 바위 위에서
움직이지 않고 있었다. 나는 미끌거리는 돌들을 디디며 바
위 가까이 다가가다가 섰다.
　바위 위에는 검은 여자가 앉아 있었다.

　검은 여자의 목소리는 낮았으나 맑았다.
　"어떻게 날 찾았나요?"
　"굿 때 만날 수 있으리라 생각했습니다."
　"무얼 하고 싶다고?"
　"글을 쓰고 싶습니다."

"글을 써서?"

"다른 세상을 만나고 싶습니다."

"글을 써서?"

"다른 시간을 만나고 싶습니다."

"다 버릴 수 있어요?"

"예."

"정말?"

"예."

여자는 고개를 들어 바다를 바라보고 있었다. 여자는
담배를 한 대 불붙여 물었다.

나는 가지고 온 락앤락을 열어서 토끼의 간을 거북 할
머니에게 보여주었다. 거북 할머니는 웃으면서 고개를 끄
덕였다.

"고마워요. 그놈을 기어이 잡았구나. 그런데 이제는……."

거북 할머니는 기침을 했다. 인어가 손수건으로 거북 할
머니의 입가를 닦았다. 거북 할머니는 다시 말했다.

"그 바닷가는 가 보았어요?"

"몇 년 전에 한 번 가 보았습니다. 큰 길이 나고 공장도

들어서고 많이 바뀌었습니다."

"굿판 벌어지던 때가 좋은 시절이었지요."

"예."

"연파 씨는 다른 세상 많이 봤나요?"

"예. 그래도 아직……."

"천천히 봐요. 끝이 없는 세상 아닙니까. 글은 많이 썼나요?"

"예. 그래도 아직……."

거북 할머니는 고개를 끄덕이다가 다시 기침하기 시작했다. 인어가 다시 거북 할머니를 껴안았다. 기침이 멈추자 거북 할머니는 한숨을 쉬었다.

도우미 아주머니가 점심밥을 날라 왔다. 나는 거북 할머니의 손을 잡고 말했다.

"점심 드세요. 이만 돌아가겠습니다. 다음에 또 올게요."

거북 할머니는 고개를 끄덕거리며 손을 흔들었다.

나는 요양원 밖으로 나왔다. 인어가 따라 나왔다. 인어와 나는 깊이 껴안았다. 인어가 내게 말했다.

"같이 갈 수 없어요. 나는 언니 옆에 있어야 해요."

갑자기 인어의 머리가 하얗게 변하고 얼굴에 주름이 패기 시작했다. 인어는 두 손으로 자기 얼굴을 가리면서 돌아섰다. 인어는 뛰어가면서 말했다.

"다음에 또 놀러 갈게요."

근육

　지난해의 일이다. 뼈와 살이 불편해졌다. 오른쪽 어깨의 삼각근이 어깨뼈에서 떨어졌고 종아리의 근육이 떨어졌다. 이 질환을 잘 치료한다는 의사는 아주 마른 사람이었다. 그도 옛날에 이 질환 때문에 고생을 많이 했다고 말했다.

　그의 시술 덕분에 내 어깨의 삼각근과 종아리 근육은 제 자리에 잘 붙었다. 의사는 말했다.

　"아직도 몸속 어디선가 소리가 들립니다. 그런데 어딘지는 알 수 없어요. 오래전에 크게 다친 적이 있습니까?"

　나는 고개를 저었다. 그리고 퇴원했다.

　사흘 전의 일이다. 친구와 함께 저녁을 먹고 헤어져서 집으로 돌아오자마자 전화가 왔다. 친구와 같이 저녁을 먹은 일식당 『니꾸肉』 주인의 전화였다.

　나는 택시를 타고 일식집으로 갔다. 일식집 주인은 내가

앉았던 자리에 떨어져 있던 살점이라고 말하고 깨끗하게
싸 놓았다며 작은 박스를 내게 건네주었다. 나는 택시를
타고 지난해의 그 의사에게로 갔다.

박스를 열어본 의사는 비닐 속에 들어 있던 얇고 넓은
살점들을 살펴보고 말했다.

"MRI부터 찍어봅시다."

수술은 잘 끝났다. 내 왼쪽 어깨와 등 부근에서 빠져나
왔던 얇고 긴 살점은 제 자리에 가 붙었다. 의사가 말했다.

"그게 떨어져 나가려고 소리가 난 모양입니다."

나는 침대에 엎드린 채 고개를 갸웃거리고 있었다.

파출소 앞길에는 사람들이 빙 둘러서 있었다. 나와 재형
이는 사람들 사이에 들어섰다. 길 위에 보자기가 펼쳐져
있었다. 보자기 속에는 책 몇 권과 옷가지가 들어 있었다.
보자기를 푼 남자는 대학생으로 보였다. 그는 쪼그리고 앉
아서 짐을 뒤적이고 있는 가죽점퍼를 쳐다보고 있었다. 가
죽점퍼는 책들을 다시 들춰 보았다. 그리고 던졌다. 아무
것도 없다. 허탕이다. 가죽점퍼는 오른손으로는 오른 무릎

을, 왼손으로는 왼 무릎을 짚고 뿌드득 일어섰다. 가죽점퍼
의 얼굴은 비틀어져 있었다. 가죽점퍼는 자신과 보자기를
푼 남자 주위로 빙 둘러선 사람들을 쳐다보았다. 가죽점퍼
는 두 발로 땅을 박차며 잠시 하늘을 날았다. 그리고 내 쪽
으로 날아와 두 손으로 내 머리를 잡았다. 그는 나를 끌고
바로 옆에 있던 파출소로 들어갔다.

"이거 장발 아닙니다. 이보다 긴 아이들이 얼마나 많은데."
"이 새끼, 죽을래?"
가죽점퍼는 손을 들어서 나를 때리려고 했다.
나는 한숨을 쉬었다. 재형이와 함께 새로운 여자애들을
만나는 일은 글러 버린 것 같았다.
가죽점퍼는 책상에 앉아 조서를 썼다. 나는 주민등록증
을 내밀었다. 가죽점퍼는 주민등록증을 쳐다보고 무언가
를 적어 가다가 멈추었다. 가죽점퍼가 내게 물었다.
"너, 정파야?"
내 이름이 아니다. 그러나 나는 고개를 끄덕였다. 가죽점
퍼 쪽에서 따뜻하고 밝은 빛이 내게 건너오는 것 같았다.
주민등록증을 돌려받고 긴 나무 의자에 앉았다. 파출소

의 문은 여닫이문이었고 문 가운데에는 큰 유리가 박혀 있어서 바깥이 잘 보였다. 파출소 여닫이문 밖에는 카빈총을 멘 순경 한 사람이 서 있었다. 파출소 앞길에는 사람들이 많이 지나다니고 있었다. 길 건너편 제과점 앞에는 재형이가 표정 없이 이쪽을 쳐다보고 서 있었다.

문화반점 철가방이 문을 밀고 들어왔다. 여닫이문은 헐거워 철가방이 지나가고 나서도 두어 번 출렁출렁 열렸다 닫혔다.

나는 발아래 바닥을 쳐다보았다. 여기가 출발선이다. 이미 예령은 울렸다. 잠시 뒤에 문화반점 철가방이 밖으로 나가면서 문이 출렁했다. 나는 스타팅블록을 차는 단거리 선수처럼 온몸의 근육을 써서 튀어 나갔다. 내 오른쪽 팔을 잡은 것은 보초 서던 순경이었다. 나는 팔을 뿌리쳤다. 그리고 길 가운데로 달렸다.

한참을 달리다가 오른쪽으로 꺾어 들어 바다로 가는 육교 위에 뛰어올랐다. 육교 위에서 뒤돌아보았다. 나를 잡으러 오는 사람은 아무도 없었다.

갑자기 다리가 움직여지지 않았다. 나는 육교 위에 주저앉았다. 토하고 싶었다. 내 몸속에서 금 가는 소리가 들렸다.

나는 토했다. 머리가 아팠다. 그러나 일어나서 천천히 걸었다. 바다를 건너가는 큰 다리를 넘어갔다. 그리고 다시 뛰기 시작했다. 재형이의 집은 산 위에 있었다.

재형이의 방에 가서 누워 있었다. 재형이는 어두워져서야 돌아왔다. 재형이는 내게 물었다.

"니, 어릴 때 달리기 선수 했나?"

나는 고개를 가로저었다.

"총 멘 순경이 한참 따라 뛰어가다가 돌아가더라. 나는 니가 날아가는 줄 알았다."

재형이는 막걸리와 노가리를 가져왔다.

"그런데 그 가죽점퍼 새끼 개자석이제?"

"불심검문 하다가 실패하니까 나를 끌고 간 거라. 그 새끼 내 이름도 바로 못 읽던데."

우리는 술을 많이 마셨다.

"여자아이들 만나는데 못 가서 미안하다."

"괜찮다. 별로 이쁘지도 않더라."

의사는 내 이야기를 다 듣고 말했다.

"그때, 파출소에서 튀어 나갈 때 시작된 거 같습니다."

가자, 가자,
저 언덕으로 가자

비 오는 날, 나는 한 그루 나무 곁에 서 있었다. 그리고 버스를 탔다. 버스는 비를 뚫고 비안개를 뚫고 나갔다. 버스는 작은 다리들을 지나갔다. 버스는 큰 강 위로 지나갔다. 버스가 큰 강 위를 지나갈 때 강에서 큰 소리가 들렸다.

"가자, 가자. 저 언덕으로 가자."

버스의 창을 여니 소리는 더 크게 들렸다. 비가 들이쳤다. 멀리서 번개가 나타났다가 사라졌다. 도시 전체가 소리 지르고 있었다.

"가자, 가자. 저 언덕으로 가자.

우리 함께 저 언덕으로 가자."

도시 전체가 갑자기 어두워졌다. 버스는 무서워서 떨다가 몸을 돌려 되돌아왔다. 큰 강 위를 지나올 때 그 소리는 계속 들렸다.

"가자, 가자. 저 언덕으로 가자.

우리 함께 저 언덕으로 가자.

저 언덕에 도달했네.

아, 깨달음이여 영원하라."

버스는 작은 다리들을 지나 내가 사는 들판의 한 그루 나무 곁에 섰다. 나는 버스에서 내렸다.

한 그루 나무가 말했다.

"조심해. 번개가 치고 있어."

나는 한 그루 나무의 몸통을 쓰다듬었다.

"알았어. 네가 더 걱정되는구나."

들판을 걸어갔다. 들판 건너편에 번개가 떨어지는 것이 보였다. 천둥소리는 한참 뒤에 들렸다. 나는 천둥소리에 밀려 쓰러졌다. 우산이 도망갔다. 천천히 일어섰다. 눈 속에 번개의 잔상이 남았다. 눈을 감았다가 떴다. 오른쪽 눈 속에도 번개가 번득였다.

들판을 걷는데 다시 번개가 치고 무엇이 쪼개지는 큰 소리가 들렸다. 돌아다보니 한 그루 나무에서 연기가 오르고 있었다.

한 그루 나무는 벼락을 맞아 부러지고 불타서 검게 서 있었다. 가까이 가도 아무 말이 없었다. 나는 버스를 탔다. 버스는 작은 다리들을 지나갔다. 큰 강가에서 나는 내렸다. 강은 어제와 달리 거꾸로 흐르고 있었다. 귀에 손을 대고 강을 들어보았다. 강에서는 아무 소리도 나지 않았다.

간호조무사가 내 눈 속에 약물을 떨어뜨렸다. 나는 눈을 감고 앉아 있었다. 들판의 한 그루 나무가 보였다. 한 그루 나무의 잎들이 풍성해 보였다. 잎들은 바람에 반짝거리고 있었다. 눈을 떠 보았다. 눈앞이 흐려졌다. 눈을 감았다. 한 그루 나무의 잎들이 모두 다 져 버렸다.

밝은 빛은 아팠다. 그런데 더 밝은 빛이 눈 속으로 날아왔다. 울고 싶었지만 울 수 없었다. 아픈 눈을 감고 길을 걸었다. 아픈 눈을 뜨면 사람들이 너무 커져서 무서웠다. 나는 큰 강가에 서서 눈을 감고 있었다. 큰 강물은 소리 없이 흘렀다.

의사가 내 눈 속을 들여다보았다.

"떨어진 곳은 잘 붙었습니다."

나는 일어나서 물었다.

"눈앞에 빙글빙글 도는 이것들은 어찌합니까."

의사의 얼굴이 세로로 가늘게 바뀌었다.

"눈머는 것보다 낫지요."

내 얼굴이 가로로 길게 짜부라졌다.

"그게, 환자에게 할 수 있는 소리요?"

두 눈을 부릅뜨고 의사를 쳐다보았다.

의사는 고개를 돌리고 사라졌다. 의사가 섰던 곳에 불탄 나무 한 그루가 서 있었다.

"아프면 죄인인 기라."

어머니 목소리가 들렸다.

나는 강가에 서 있었다. 오른쪽 눈을 감고 서 있었다. 눈물은 두 눈에서 흘렀다. 큰 강은 낮은 목소리로 무언가를 말하는 것 같았다.

한 그루 나무에게 편지를 썼다. 편지를 써서 부쳐보기로 했다. 편지를 들고 자리에서 일어서면서 기지개를 켰다. 그때 방안이 몹시 밝아졌다. 천둥소리는 들리지 않았다. 왼쪽 눈 속에 번개가 쳤다. 눈을 감으면 번개는 눈 속에서 자꾸 번쩍거렸다.

나는 들판 위를 빠르게 걸어가서 한 그루 나무가 서 있던 곳으로 가 보았다. 한 그루 나무는 깨끗이 치워져 있었다.

마음이 급해져서 그 자리에 서 있을 수 없었다. 나는 들판 길을 뛰어갔다. 들판은 발아래서 러닝머신처럼 자꾸 헛돌았다. 내가 지쳐서 그 자리에 섰을 때 버스가 내 뒤에 와서 경적을 울렸다.

버스는 작은 다리들을 지나 큰 강을 지나갔다. 큰 강에서는 낮은 목소리들이 들렸다. 눈을 감으면 계속 번개가 쳤다. 왼쪽 눈알을 이리저리 굴려보았다. 눈앞에 투명한 천이 나타났다. 새 한 마리도 눈앞 왼쪽 위에 나타났다. 새는 검고 통통했다. 버스는 도시 한가운데 있는 커다란 병원 앞에 섰다.

　형님은 좁은 방 속에 개다리소반을 놓고 앉아 있었다.
형님의 좌반신은 마비되었다. 나는 형님 앞에 앉았다.
　"술 마셔도 됩니까?"
　"한두 잔은 괜찮아."
　"다른 데는 불편한 데가 없습니까?"
　"눈."
　아, 형님은 옛날부터 오른쪽 눈이 거의 안 보인다고 했다.
　"그런데, 이제는 왼쪽 눈 망막이 자꾸 젖은 벽지처럼 흘
러내린다고 하네."
　나는 소주를 두 잔 연거푸 마셨다.
　"그러면……."
　"안마를 배워야 하지 않겠느냐는 거지. 마누라 이야기는
……."
　"팔다리 마비가 왔는데 무슨 소립니까?"
　형님은 웃었다. 나는 다시 소주를 마셨다. 형님도 한 잔 마
셨다.
　"천천히 마셔라."

다음 해 겨울에 형님은 떠났다. 안마를 배우지 않은 채.

새 병원 안과 전문의는 여자다. 여자는 한참이나 내 왼쪽 눈 속을 헤집어 본다. 실핏줄이 많이 비쳐 보이는 망막을 들여다보며 말한다.

"왼쪽을 보세요. 조금 더. 위로 보세요. 조금 더. 아래로 보세요. 조금 더."

눈이 아프고 눈물이 나는 것 같다. 눈알에 돋보기를 대고 여자는 한참 동안 들여다보고 있다.

"아무리 보아도 찢어진 데를 찾을 수 없네요."

"그러면 이 새는 어디에서 날아온 겁니까?"

"그러니까요. 며칠 뒤에 다시 보아야겠어요. 뛰어다니지 마세요. 힘쓰지 마세요."

며칠 뒤에, 또 며칠 뒤에, 또 며칠 뒤에도 찢어진 곳은 보이지 않았다.

"이 새는 어찌 됩니까?"

"그대로 머물 수도 있고 떠날 수도 있고……."

새는 컴퓨터 모니터를 볼 때와 고개 숙이고 밥 먹을 때 늘 나타났다. 버스를 타고 다닐 때도 나타났다. 눈을 감고 머리를 위로 젖히고 나면 사라졌다. 그러다가 TV를 볼 때는 늘, 왼쪽 위에 나타나서 나와 같이 TV를 보았다. 새는 천천히 날아다녔다. 신경을 쓰지 않을 때는 보이지 않다가 화면이 흔들리거나 급히 바뀌면 나타났다. 챙이 긴 모자를 쓰고 머리를 뒤로 젖히고 TV를 보았다. 그러면 새가 보이지 않았다. 새는 보이지 않는 곳에서 천천히 날아다녔다. 새는 검고 통통했다.

새 때문에 밖에 나갈 때는 모자를 쓰고 다녔다. 검은 안경도 써 보았다. 그러나 새가 너무 뚜렷해서 안경은 효과가 없었다. 나는 검은 안경을 강물에 던져버렸다.

해 질 녘에 한 그루 나무가 서 있던 곳에 서 있었다. 맞은편 들판 쪽에서 작은 아이가 걸어왔다. 가까워져서 다시 보니 아이는 배낭을 메고 교복을 입은 중학생 소녀였다. 소녀는 내 쪽으로 걸어오고 있었다. 멀리서 버스가 헐떡거리며 다가오고 있었다. 소녀는 나를 만지려는 듯 바싹 다가왔다.

"아저씨, 지금 오는 버스가 큰 강을 넘어가는 버스인지 좀 봐주세요."

"그래, 큰 강을 넘어가는 버스 맞아."

소녀는 내 옆에 서 있었다.

"고맙습니다. 눈이 잘 안 보여서 그래요."

소녀의 한쪽 눈은 감겨 있었고 다른 눈은 시력이 나빠 눈을 가늘게 뜨고 있었다. 나는 두 팔로 소녀를 꼭 껴안아 주고 싶었다. 안 돼. 그러면…….

버스가 섰다. 소녀는 손으로 더듬어 버스에 올라갔다. 나도 버스에 올라갔다. 버스 속에는 사람들이 가득 차 있었다. 소녀는 사람들 틈으로 사라졌다.

나는 버스 속에 서 있었다. 갑자기 눈알이 따가워졌다. 내 귓속에서 목소리가 울려 나오고 있었다.

"가자, 가자, 저 언덕으로 가자
우리 함께 저 언덕으로 가자"

친구

A는 눈을 떴다. 해가 사라지려고 얼굴을 붉히고 있었다. 낮에 열심히 떠났던 사람들은 얼굴이 늘어진 채 집으로 돌아가고 있었다. A는 몸을 씻고 집을 나섰다. A는 어둠 속으로 출근했다. 열차에 탄 사람들은 한마디 이야기도 하지 않았다. A는 열차 속에 서서 한 손을 든 채 서 있었다. A는 열차에서 내려 한동안 걸어가서 커다란 건물 속으로 들어갔다.

A는 근무복으로 갈아입고 사람들에게 인사하기 시작했다. 빳빳하게 서 있다가 사람들이 다가오면 윗몸을 굽혀서 인사했다. A의 허리는 부드럽게 굽혀지고 펴졌다.

어린 소녀가 A에게 울면서 다가왔다. A는 소녀를 안고 방송실로 갔다.

소녀의 엄마는 하얀 얼굴로 뛰어왔다. 소녀의 엄마는 소녀의 뺨을 때렸다. 그리고 소녀를 껴안고 울었다. 소녀는 더 이상 울지 않았다.

A는 다시 제자리로 돌아가서 인사했다. A의 허리에서 소리가 나기 시작했다. 밤이 깊어 건물이 문을 닫을 때까지 허리에서 소리가 났다.

A는 한쪽 손을 든 채 버스를 타고 집으로 돌아왔다.

A는 거실의 소파에 앉아서 시계를 보았다. 시계에는 '심야'라는 글이 올라와 있었다. A는 술을 마시기 시작했다. A는 전화를 걸기 시작했다.

B는 전화를 받지 않았다. C도 전화를 받지 않았다. D도 전화를 받지 않았다. E에게서는 전화를 받을 수 없다는 녹음된 여자 목소리가 들려왔다. F도 전화를 받지 않았다. G도 전화를 받지 않았다.

A는 112로 전화를 걸었다.

"아무도 전화를 받지 않습니다."

전화가 끊어졌다.

A는 3루수가 1루수에게 공을 던지듯 힘껏 전화기를 던졌다. 전화기는 거실 유리창을 뚫고 어둠 속으로 날아갔다. 거실 유리문이 반쯤 깨어졌다.

아파트 관리인이 문을 두드렸다.

"무슨 일입니까?"

A는 큰 소리로 말했다.

"아, 괜찮습니다."

관리인이 사라졌다. A가 몸을 돌려보니 거실에 B와 C와 D와 E와 F와 G가 와 있었다. 잠옷을 입은 친구도 있고 트레이닝복을 입은 친구도 있고 팬티만 입은 친구도 있었다. A는 소리 질렀다.

"어이, 친구들!"

A는 거실 한가운데서 앞으로 쓰러졌다.

B는 강이 끝나는 곳, 배들이 서로 몸을 묶고 쉬고 있는 바닷가에서 살고 있다. 바다에서 가까운 빌딩 속에 사무실을 차리고 앉아서 B는 하루 종일 전화한다. 배를 움직이는 사람들과, 사람들을 움직이는 날씨와, 날씨와 상관없이 하늘을 나는 새들과, 꿈쩍하지 않는 집들과 다리들에 전화한다.

새 떼 중 한 마리의 새가 무리를 벗어난다. 한 마리의 새는 다리 위에 내려앉는다. 새는 전화를 받은 바 있다. 다리는 떨고 있다. 묶여 있던 배들이 줄을 끊고 바다로 나간다. 배들은 전화를 받은 바 있다. 배들은 소리를 지르며 달리기 시작한다. 떨고 있던 다리 가운데가 벌어진다. 다리는 전화를 받은 바 있다. 다리는 하늘로 올라간다. 들린 다리 아래로 배들이 지나간다. 배를 따라 새 한 마리도 날아간다. 배들이 소리 지른다.

B는 오른손 엄지와 중지를 맞대었다가 손가락들을 비틀어서 '딱'하는 소리를 낸다. 오늘 일은 끝났다. 새 애인을 만나러 횟집으로 가야 한다.

C는 배에 이삿짐을 싣고 노를 저어 강을 거슬러 올라갔다. 강은 좁아지면서 휘어졌다. 배는 수심이 깊은 절벽 쪽으로 붙어서 나아갔다. C는 절벽이 끝나는 곳 근처, 맞은편 낮은 둔덕 아래 소나무들이 좃털처럼 모여 자라는 모래벌판에 배를 밀어 넣었다.

C는 강가의 집에 이삿짐을 풀고 나서 전화를 걸었다. 멀리 희끄무레한 산들과 산 위의 구름들과 산 사이로 벌레처럼 기어다니는 자동차들과 높낮이를 바꾸는 새들에게 전화를 걸었다. 그러나 아무도 전화를 받지 않았다. 가까운 마을의 소와 닭과 오리들이 소리를 질렀다.

C는 전화기를 던져놓고 강가를 걸어 다녔다.

개 한 마리가 따라가고 있었다.

A는 열차를 타고 바닷가로 갔다. B의 아들 중 한 녀석의 결혼식이 열리는 날이었다. B의 아들이 어느 어미에서 난 아이인지 친구들은 몰랐다.

A는 테이블에 앉아서 술을 마셨다. C와 D와 E와 F와 G가 A의 테이블로 와서 앉았다. C와 D와 E와 F와 G는 조용히 밥을 먹었다. 포도주도 한 잔씩 마셨다.

A는 혼자 중얼거리고 있었다. C와 D와 E와 F와 G는 일어났다. C가 A에게 말했다.

"한밤에 전화하지 마라."

C와 D와 E와 F와 G는 같이 사라졌다.

B가 A에게 다가와서 포도주 한 잔을 부어 주었다. B가 말했다.

"한밤에 전화하지 마라."

C의 어머니가 돌아가셨다.

C는 모래밭에 천막을 쳤다.

B와 D와 E와 F와 G가 천막 속으로 같이 들어왔다.

B와 D와 E와 F와 G가 같이 절을 했다.

B와 D와 E와 F와 G는 먼저 온 A가 앉아 있던 자리 옆에 가서 밥을 먹었다.

C가 주전자를 들고 와서 A와 B와 D와 E와 F와 G에게 술을 부어 주었다.

B와 D와 E와 F와 G가 천막을 벗어났다. C가 다시 돌아와서 A에게 말했다.

"깊은 밤에는 전화 좀 하지 마라."

A는 아무 말 없이 앉아 있었다.

A는 B에게 전화를 걸어서 C가 좋은 시도 못 쓰는 쓰레기 같은 시인이라고 말했다.

B는 C에게 전화를 걸어서 A가 좆 같은 술쟁이라고 말했다.

C는 A에게 전화를 걸어서 B는 오입쟁이 개새끼라고 말했다.

D는 E에게 전화를 걸어서 F가 후레자식이라고 말했다.

E는 F에게 전화를 걸어서 A, B, C 같은 놈들을 보면 구역질이 난다고 했다.

F는 G에게 전화를 걸어서 다른 놈들 말은 듣지 말라고

했다.

　G는 D에게 전화를 걸어서 둘만은 비밀을 지키자고 말했다.

　F는 D에게 전화를 걸어서 더러워도 그냥 넘어가자고 말
했다.

소 한 마리가
큰 나무 아래 앉아서
쉬고 있었다

내가 높은 산을 향해 간 것은 그때가 처음이 아니었다. 나는 어린 시절부터 높은 산을 향해 가고 있었다. 나는 한 번도 높은 산을 본 적이 없었다. 그러나 언제나 높은 산을 향해 가고 있다고 생각했다.

그날은 유난히 길었다. 길은 안개에 가려 잘 보이지 않았고 안개가 걷힐 무렵에는 어두워지기 시작했다.

완전히 어두워질 때까지의 자투리 시간에 넓은 땅이 보였고 땅의 저편에 큰 나무 T가 보였다.

나는 눈을 가늘게 뜨고 큰 나무 T를 쳐다보았다. 큰 나무 T 옆에는 커다란 바위 같은 것이 보였다. 그러나 그것은 바위가 아니었고, 소였다. 소 한 마리가 큰 나무 아래 앉아서 쉬고 있었다. 나는 들판을 걸어가기 시작했다.

들판을 걸어가면서 농부 한 사람을 만났다. 농부는 이제 막 밭일을 마치고 쉬러 가는 길이었다. 나는 농부에게 들판에 서 있는 큰 나무에 대해 아는 것이 있는지 물어보았다. 농부는 눈을 반짝거리면서 이야기하기 시작했다. 농부의 이야기는 저 큰 나무가 처음에는 사람이었다는 것이다. 나는 약간 맥이 빠졌지만, 그 이야기를 들으면서 농부와 함께 큰 나무 T에게로 걸어가고 있었다.

T는 어릴 때부터 이상한 짓을 많이 했다. T는 가끔 칼로 제 몸을 그어보았다. 그리고 그 아픔을 느끼고 나서는 흐르는 피를 손으로 찍어 맛보기도 했다. T의 어머니는 T가 하는 짓을 보고 울었다. 그러나 T는 어머니에게 이렇게 말했다.

"어머니, 울지 마세요. 사람은 태어나서 죽을 때까지 크고 작게 몇천 번 다친다고 해요. 어머니, 저는 그 아픔을 미리 느껴보는 거예요."

T는 자라나 의사가 되어 도시의 큰 병원에서 일했다. T

는 병원에서 일한 지 십 년 만에 온몸이 마비되어 고향집으로 실려 왔다. T는 병원에 있던 알약들을 모두 먹어보았고 주사약은 주사로 맞아보다가 서서히 굳어져 버린 것이었다.

집으로 온 T는 눕지 않았다. 방안에서 나무처럼 곧추서 있었다. T의 얼굴은 맑아졌다. 동네의 아픈 사람들은 T에게 와서 자신들의 아픔을 어떻게 치료하면 되는지 물어보고 돌아갔다.

T의 이름이 가까운 마을들에 알려졌고 나중에는 제법 먼 곳에 살던 사람들도 T를 찾아오는 일이 잦아졌다. T는 그들에게 웃는 얼굴로 설명해 주었다. 사람들은 먹을 것을 싸 오거나 돈을 놓고 갔다.

T의 몸에서는 가지가 뻗어나갔다. 여름이 되자 잎이 그의 몸을 가려주었다. 사람들은 T를 '나무 으사'라고 불렀다.

T는 늙은 어머니에게 말했다.

"어머니, 집안은 갑갑해요. 저 들판 속으로 저를 옮겨 주세요."

T의 어머니는 사람들을 불러서 들판 속에 나무가 들어

설 집을 지었다. 나무 기둥 네 개 위에 지붕을 얹은 정자 속에 T는 심어졌다.

들판으로도 많은 사람들이 찾아왔다.

겨울이 오면 마을 사람들이 기둥 사이에 벽을 만들어서 T가 추위를 견딜 수 있게 해주었다.

T의 어머니가 돌아가셨다. T는 사흘 동안 환자를 받지 않고 울면서 서 있었다. T의 눈물은 T의 발부리를 적셨다.

T의 얼굴은 많이 굳어졌다. 얼굴 곳곳에 이끼가 끼기도 했다. 마을 사람들이 T의 얼굴을 닦으려고 하면 T는 말했다.

"그대로 두세요. 그게 좋은 겁니다."

T는 많이 늙었다. T의 얼굴에 작은 식물들이 자라났다. T를 처음 보는 사람들은 T의 얼굴을 찾느라 한참 기웃거려야 했다.

사람들이 찾아와도 T가 아무 말 없이 사람들을 쳐다보기만 하는 날들이 많아졌다. 어쩌다가 T가 말을 하는 날이면, 사람들은 커다란 나무에서 울려 나오는 목소리를 듣고 무서워하기도 했다. 드디어 T를 찾아오는 사람들의 발길이 끊어졌다.

마을 사람들은 들판 속에 있던 T의 집을 걷어내 버렸다.
T의 몸피가 커져 집이 필요 없어졌기 때문이었다.

어느 날, 늙은 남자 S가 천천히 걸어와서 늙은 나무 T 앞
에 와서 섰다. 늙은 남자 S는 머리 위에 큰 모자를 썼다.
늙은 나무 T가 흔들리다가 멈추었다. 그리고 또렷하게 말
했다.

"어서 오세요."

늙은 남자 S는 나무에 다가가서 나무 둥치를 어루만졌
다. 그리고 늙은 나무 T를 올려다보며 말했다.

"나는 저 높은 산에서 내려왔습니다. 나는 하루에 몇십
가지 식물들을 맛보았지요. 식물들에 흠집을 내어서 식물
의 즙을 맛보고 약성을 알아내었지요. 차를 끓여서 마시면
해독이 되었지만, 해독이 되지 않을 때는 며칠씩 기절했다
가 깨어나기도 했지요."

늙은 남자 S는 가지고 온 책을 늙은 나무 T의 가지 위에
올려놓았다. 늙은 나무 T는 말했다.

"제가 어릴 적부터 이야기 들은 분이군요. 저도 많은 약
들을 몸에 찔러 넣어보고 이렇게 되었지요."

늙은 남자 S는 말했다.

"하지만 저는 동물들은 잘 몰랐지요. 어느 벌레를 맛보다가 그 벌레가 뱃속으로 들어가서 수많은 벌레로 변해 내 몸은 없어졌지요. 지금, 이 모습은 그림자지요."

늙은 나무 T의 잎들이 바람에 흔들렸다. 늙은 나무 T가 말했다.

"먼 길 오시느라 수고가 많았습니다. 여기서 저하고 같이 지내시지요."

늙은 남자 S가 말했다.

"그렇게 해주시겠다니 고맙습니다."

늙은 남자 S가 모자를 벗었다. 늙은 남자 S의 얼굴은 소의 얼굴이었다. 늙은 남자 S의 머리에는 뿔이 돋아나 있었다.

늙은 나무 T가 말했다.

"어느 쪽이 편합니까?"

늙은 남자 S가 말했다.

"완전한 짐승이 되는 것이 편하지요."

늙은 남자 S의 몸은 소로 바뀌었다.

들판 한가운데 커다란 나무가 서 있고 나무 아래 소가

앉아 있었다.

커다란 나무 T가 뚜렷이 보이는 곳에서 농부는 집으로 간다고 말하고 나와 헤어졌다.

나는 더 이상 커다란 나무 T 가까이에 가지 못하고 서 있었다. 해가 지고 있었다. 돌아가야 했다.

제3부

서니 / 작은 서니

서니는 두 사람. 둘 다 내가 좋아한 여자다. 큰 서니는
세상의 덫에 걸려 마음대로 움직이지 못하고 있고 작은 서
니는 그 덫을 빠져나와 반짝반짝 숨 쉬고 있다. 나는 반짝
거리는 서니에게 전화를 걸었다.

서니와 나는 오랜만에 섬에 가기로 했다. 옛날, 섬과 육
지를 이어주던 다리 아래 외진 곳에서 서니와 나는 같이
누운 적이 있다. 그런데 그 섬이 이제는 조금씩 가라앉고
있다고 했다.

서니는 힘이 빠져 보였고 얼굴은 꺼칠했다. 섬으로 가는
동안 서니는 계속 담배를 피웠다. 섬으로 들어가는 다리
가 보였다. 다리는 수면 가까이 내려와 있었다. 나는 차의

속도를 낮추었다. 다리 위로 차가 지나갈 때 서니는 피우던 담배를 바다로 던졌다. 담배는 바다에 닿아서 하얀 꽃이 되었다. 하얀 꽃은 여러 개로 늘어났다. 꽃들은 파도처럼 흔들리며 바다 저쪽 니르바나로 번져가고 있었다. 서니는 꽃들을 바라보며 기침했다.

섬은 많이 가라앉아 있었다. 옛날에 해산물을 팔았던 작은 시장과 시장 가까이에 있던 마을들은 물에 잠겨버려 보이지 않았다. 가까운 바다 위에는 감시선 한 척이 떠 있었다.

바다 가까운 곳에 차를 세웠다. 서니의 몸은 조금 커져 있었다. 오후만 되면 몸이 늘어난다고 했다. 나는 서니를 껴안고 걸어가서 볕 좋은 바위 위에 뉘어놓았다. 그리고 나 혼자 조금 높은 곳으로 걸어 올라가 보았다. 섬은 원래의 모습보다 반 정도의 크기로 줄어 있었다. 섬의 중턱에 있던 초등학교 분교는 내 눈 아래로 보였고 수산물 가공공장은 바닷물에 발을 담그고 있었다. 공장 굴뚝에 붉은색 스프레이로 쓴 여러 가지 글자들이 보였다. 십자가와 느낌표들이 눈에 띄었다. 공장의 벽에 써놓은 노란색 글자에는 검은색

그림자가 그려져 있어 돋보였다. 회개하라!

서니는 많이 줄어들었다. 서니가 줄어들기 전후 모습은
옛날 이 섬에서 쇠꼬챙이로 찔러 먹던 해삼과 같았다. 서니
는 바위 위에 누운 채 두 주먹으로 하늘을 쥐어박으며 스
트레칭하고 있었다. 그 모습이 귀여웠다. 나는 바위 위에
누운 서니에게 다가가서 입을 맞추었다. 서니가 두 팔로 나
를 껴안았다. 내 몸이 약간 오그라들면서 척추에서 따뜻한
기운이 온몸으로 뻗어가는 것을 느꼈다. 서니가 물었다.
"하고 싶어?"
나는 고개를 가로저었다. 서니는 얼굴을 약간 찡그리며
말했다.
"여기서는, 그렇지?"
감시선 위에서 총을 메고 서 있던 군인이 우리를 계속
쳐다보고 있었다.

우리는 다시 차에 올랐다. 서니는 내 사타구니에 손을
넣었다. 부끄러웠다. 나는 사타구니를 오므렸다. 서니는 내
귀를 빨았다. 나는 차를 움직여 앞으로 나가기 시작했다.

큰 서니는 보험회사, 증권회사와 관계가 있다고 했다. 다단계 건강식품회사와 카드회사와도 관계가 있다고 했다. 큰 서니는 오지랖이 넓어서 그 어느 회사에서도 빠져나오지 못한다고 했다.

큰 서니는 실제로 키가 그리 크지는 않았다. 그러나 큰 서니 앞에 서면 나는 늘 큰 서니가 커다란 나무같이 느껴졌다. 나는 큰 서니의 기둥에 해먹을 달고 몸을 빙빙 돌려 애벌레가 되거나 큰 서니의 굵은 가지에 줄을 묶고 목을 매달고 싶었다. 큰 서니가 나를 안아줄 때면 나는 늘 종말을 생각했다. 내가 작은 서니에게 물었다.

"큰 서니 한 번씩 보니?"

"친구들을 통해 소식만 들어. 이번에는 의류회사에 발을 들였다는 소문을 들었어."

작은 서니가 내 옆얼굴을 열심히 들여다보더니 말했다.

"큰 서니 보고 싶어?"

나는 고개를 저었다. 목 근처가 갑갑해졌다. 넥타이를 풀었다.

잠을 자다가 벌떡 일어났다. 내 속에서 솟은 신물이 입안과 콧속으로 밀려 올라왔다가 기도로 들어갔다. 기침하고 구역질하기도 했다. 침대 위에 앉아 있다가 화장실로 가서 코를 풀었다. 머리가 아팠다. 주방으로 가서 물 한 컵을 마시고 자리에 누웠다. 얼마 지나지 않아 다시 일어났다. 신물이 다시 올라왔다. 화장실 바닥에 앉아 변기를 안고 있었다. 그러나 제대로 된 것은 아무것도 올라오지 않았다. 변기 속에는 큰 서니에게 보내려고 했던 글들이 깨알처럼 떠다녔다.

"위장에는 PH-2 정도의 강한 산이 나옵니다. 염산 아시죠? 이 약을 먹으면 염산을 만들 수가 없게 되지요. 그래서 신물이 올라오지 않는 거죠."

나는 알약 하나를 거실의 수조 속에 던졌다. 알약은 물에 녹았다. 조금 뒤에 수조 바닥에서 실리콘 같은 구조물이 솟아 올라왔다. 그것은 알약의 구조식과 닮아있었다. 수조 속을 돌아다니던 작은 열대어들이 수조에 솟아오른 구조식을 피해 수조 구석으로 몰려가 무슨 의논이라도 하는 듯 잠시 머리를 모으더니 천천히 구조식 근처로 다가갔다. 구조식 오른쪽 모서리 OCH_2CF_3 근처에서 잠시 머물다가 CH_3의 곳을 돌아 $SO-CH_2$의 만으로 천천히 들어갔다. 열대어들은 그러다가 화급히 만을 벗어났다. 나는 내 손으로 내 아랫도리를 만져보았다. 저 만처럼 내 아랫도리도 터져나간 것이 맞다. 나는 침대에 누워 손으로 아랫도리를 만져보았다. 내 물건은 잘 서지 않았다. 내 얼굴은 굳어 있었다.

섬의 동쪽 끝에는 산봉우리가 있었다. 산봉우리 근처에는 숲이 보였다. 숲은 깎아지른 절벽과 이어져 있었다. 절벽 아래에는 많이 낡은 모텔 하나가 바다에 잠겨 있었다.

"저거다. 우리, 옛날에……."

"응. 물에 많이 잠겼네."

모텔은 늙은 사람 하나가 물속에 앉아 있는 모양을 하고 있었다. 늙은 사람은 속이 모두 빠져나가고 껍질만 남은 조각 작품 같았다. 그 조각 작품은 속없이 웃고 있었다.

속 쓰림은 잘 낫지 않았다. 두 달 동안 약을 먹었다. 침대에 누워서 내 손으로 내 사타구니를 만지는 일이 잦아졌다. 고무줄 맨 팔뚝을 꼬나보며 핏줄을 더듬어 보는 간호

사처럼 나는 내 손가락 끝으로 내 물건을 찾아다녔다. 물건은 검은 수풀 속에서는 잘 찾을 수 없었다. 한참 뒤지다가 항문 근처에 작은 치질처럼 숨어 있던 물건을 찾은 날 나는 울었다.

모텔 옆에 차를 세워 두고 서니와 나는 손을 잡고 산봉우리로 올라갔다. 이 섬에서 제대로 된 숲이 남아 있는 곳이다. 우리는 산꼭대기 근처의 바위 위에 앉아 있었다. 멀고 가까운 바다가 다 내려다보였다. 근처의 섬들은 거의 다 가라앉았다. 간혹 다 가라앉지 않고 등을 보이는 섬도 보였다. 그 섬은 사라져가는 내 물건처럼 희미해졌다.

서니가 내 사타구니 속에 손을 넣었다. 나는 서니의 손을 잡았다. 그리고 고개를 가로저었다. 서니는 내 얼굴을 뻔히 쳐다보았다. 그리고 말했다.

"안 돼?"

내 목덜미에서 귓불까지 뜨거워졌다. 서니는 한참 동안 나를 껴안았다. 그리고 내 손을 잡고 숲으로 내려갔다.

서니가 큰 나무 잘라낸 밑동부리에 앉았다. 나는 그 앞에서 나무처럼 서 있었다. 서니는 내 바지를 내렸다. 서니는 손으로 내 사타구니를 조심스레 훑었다. 내 물건은 잡히지 않았다. 서니는 오랫동안 낮은 소리로 휘파람을 불었다. 근처의 나무에 새들이 날아와서 조용히 보고 있었다. 서니는 내 항문 쪽으로 손을 넣어서 훑어 나왔다. 잠자던 작은 짐승 하나가 천천히 몸을 흔들었다. 서니는 다시 휘파람을 불었다. 짐승은 조금씩 커졌다. 서니는 짐승의 머리를 쓰다듬고 혀로 핥았다. 짐승은 딱딱해졌다. 서니는 젖어버린 자기 계곡에 짐승을 밀어 넣었다. 나는 서니 위로 엎드렸다. 나도 모르게 소리를 지르고 있었다. 둘은 밑동부리 옆으로 굴렀다. 나무에 앉은 새들이 날아갔다.

눈을 떴다. 서니는 엄청나게 커져 있었다. 서니의 얼굴은 붉게 부풀어 올랐다. 서니는 힘들여 간신히 말했다.

"나, 저기 좀 걸쳐 줘."

서니를 안아서 밑동부리에 눕혔다. 그리고 물어보았다.

"또 늘어진 거야?"

"아니, 정액 알러지."

서니는 머리를 거꾸로 한 채 나를 쳐다보며 말했다. 서니는 숨을 몰아쉬고 있었다. 나는 고개를 비틀어 서니의 입에 내 입을 맞추었다. 둘의 앞니가 부딪혔다. 우리는 웃었다.

서니가 줄어들어서 나는 서니를 업고 차로 돌아왔다. 바닷물이 차 바퀴 근처에 와 있었다. 우리는 차 속에서 누웠다. 음악을 틀었다. 옛날에도 우리는 이렇게 누워서 음악을 틀었다. 그리고 수면제를 배부르게 먹고 누웠다. 다음 날, 마을의 어부가 큰 돌로 차 유리를 깼다. 우리는 병원으로 실려 갔고 서니의 결혼식은 깨어졌다.

서니와 나는 차 속에 누워 손을 잡고 있었다. 바다는 차 바퀴를 핥고 있었다. 나는 움직이기 싫었다. 차는 둥둥 떠서 난바다로 갈 것이다. 거기 하얀 꽃핀 언덕이 출렁거릴 것이다. 첼로 소리가 살을 저미고 들어왔다. 내 눈에서 눈물이 흘러내리고 있었다. 서니도 울고 있었다. 그러나 서니는 조금씩 반짝거리고 있었다.

밝은 빛 때문에 눈을 떴다. 서치라이트가 비치고 있었다. 바다 쪽에서 큰 목소리가 튀어나왔다.

"빨리 차 빼세요. 조금 있으면 못 나갑니다."

사이렌이 여러 번 울었다. 감시선이 얼핏 보였다.

그놈들이다. 숲에서 날아간 새들이 고자질한 것이다.

흐르는 물에 떠내려간

출판사는 키 큰 빌딩—숨 쉬는 건물 속에 부레처럼 붙어 있었다. 빌딩은 밤이 깊어지면 바람이 빠졌다. 그리고 새벽까지 축 처져 있었다. 그러나 출판사는 늘 부레처럼 팽팽해져 있었다.

서탄은 늙은 시인이었다. 그는 몇 년 전까지 파충류로 살았으나 환갑을 지나면서 허물을 벗고 사람이 되었다. 그의 시는 난해했지만 매우 독특해서 그의 이름을 알고 있는 시인들이 더러 있었다.

작년 연말, 시인들의 모임에 간 늙은 시인 서탄은 자신에 차 있던 50대 시인 J를 만났다. 시인 J는 많은 시인들이 고개를 흔드는 진상이었다. 하지만 늙은 시인 서탄은 그를 잘 몰랐다. 늙은 시인 서탄은 시인 J의 말에 자신의 한쪽 귀가

팔랑거리는 것을 느꼈다. 시인 J는 늙은 시인 서탄에게 당신 같은 보석이 잡석 속에 빛을 잃어가는 것이 우리 시단의 문제라고 개탄했다. 시인 J는 악취가 나는 입으로 늙은 시인 서탄의 귀에 희망을 불어넣어 주었다.

"잡지를 창간하십시오. 그래야 많은 시인과 평론가들이 잡지 발행인인 선생님에게 주목할 것입니다."

늙은 시인 서탄은 그날 밤, 잠을 설쳤다. 그는 파충류로 기어다니면서 돈도 조금 모았다. 그러나 이제 돈이 그리 중요하겠는가? 늙은 시인 서탄은 자신의 삶을 돌아다보았다.

젊은 서탄은 서쪽 어느 계곡에서 시를 시작했다. 그는 종이 위에 시를 써서 흐르는 물에 띄워 보내 보았다. 얼마 지나지 않아서 계곡에 우거져 있던 나무들이 흘러가는 시를 같이 읊었다. 그는 노트에 시를 가득 썼다가 한 장씩 찢어서 계곡물에 띄워 보냈다. 노트 몇 권 분량의 많은 시가 계곡으로 떠내려갔다.

노인 한 사람이 계곡을 거슬러 올라왔다. 노인은 '산불방지'라는 글이 새겨진 모자를 쓰고 오른손에는 기다란 집게를 들고 있었다. 노인은 왼손에 마대를 든 채 걸어서 올라왔다. 그는 서탄이 기대어 앉아 시상을 가다듬고 있던 바위 앞에 와서 마대를 서탄에게 던졌다. 서탄은 마대를 열어보았다. 그 속에는 서탄이 찢어서 띄워 보낸 종이들이 많이 들어 있었다. 서탄이 종이들을 끄집어내어 보았으나 종이에 썼던 시들은 하나도 보이지 않았다. 서탄은 늙은이의 가슴에 붙은 이름표를 보았다.

김시습

노인은 기침하며 산에서 내려갔다. 서탄은 오한을 느꼈다. 서탄은 종이와 마대를 불태웠다. 서탄은 불을 쬐다가 파충류가 되어 돌 틈으로 숨어들었다.

늙은 시인 서탄은 빌딩의 한 칸을 빌렸다. 그리고 시인 J를 불렀다. 시인 J는 불황이 닥쳐와도 시를 읽고 쓰는 사람은 사라지지 않는다고 말했다. 특히, 많은 아주머니들이 시를 꾸준히 사랑하고 있다고 말했다. 그리고 자신이 주간을 맡아서 잡지를 이끌고 나가겠다고 했다. 늙은 시인 서탄은 고개를 끄덕거렸다. 늙은 시인 서탄은 시인 J의 잔에 술을 부어 주면서, 당신의 소신대로 잘해 보라고 말했다. 그리고 수표 한 장을 봉투에 넣어서 시인 J에게 주었다.

오랫동안 시인 J에게서 연락이 없었다. 늙은 시인 서탄은 시인 J에게 전화를 걸어보았다. 그러나 없는 번호라는 소리만 들렸다. 늙은 시인 서탄은 시인들의 모임에 전화를 걸어서 시인 J의 근황을 물어보았다. 모임의 일을 맡아보는 젊은 여자가 말했다.

"시인 J, 그분은 연락이 끊어졌습니다. 선생님, 혹시 선생님도 시인 J 님에게 돈을 주셨나요?"

늙은 시인 서탄은 그런 일은 없었다고 단호하게 말하고 그래도 찾을 길이 없겠냐고 물었다. 젊은 여자가 말했다.

"그 시인이 짐승이 되었다는 이야기가 있습니다만 어디에 가야 만날 수 있을지는 모릅니다."

늙은 시인 서탄은 전화를 끊었다. 그리고 숨을 크게 들이쉬고 손을 목뒤로 뻗어서 자기 목 뒷부분에 아직 남아있는 비늘들을 만지작거렸다. 그의 한숨으로 출판사가 팽창했고 출판사 속에 습기가 조금 늘어난 것 같았다.

늙은 시인 서탄은 개 먹이를 사서 배낭에 넣고 행려 동물 보호소 몇 군데에 가 보았다. 그러나 늙은 시인 서탄을 알아보고 반기는 동물은 보이지 않았다.

늙은 시인 서탄은 여러 날 동안 돌아다녔다. 포천시장과 구리시장을 찾아가 보았다. 그리고 양평시장과 모란시장에 가 보았다. 늙은 시인 서탄은 용인시장에서 김량장역까지 걸어갔다가 마지막으로 영통시장에 가 보았다. 어느 곳에도 늙은 시인 서탄을 알아보는 사람, 알아보는 짐승이 없었다.

늙은 시인 서탄은 방화수류정 마루에 앉아서 개 먹이를 먹었다.

늙은 시인 서탄은 며칠 만에 출판사로 돌아왔다. 출판사로 돌아와 보니 책상이 공중에 떠 있었고 의자들은 벽 가운데 붙어 있었다. 늙은 시인 서탄이 작년에 낸 시집은 출판사 바닥에 떨어져 있었다. 늙은 시인 서탄은 책상과 의자들을 제 자리에 내려서 못을 박았다. 그리고 책상 위에 자신의 시집을 놓고 시집 위에도 커다란 못을 박았다. 늙은 시인 서탄은 한숨을 내쉬었다.

늙은 시인 서탄이 책상에 엎드려 잠들었을 때, 숨 쉬는 빌딩은 축 처져 있었다. 못을 박아 바람이 빠져나간 출판사는 쪼그라들었다. 의자가 출판사 바닥에 찌그러지고 그 위에 책상이 찌그러지고 책상 위에 시집과 배낭이 깔리고 늙은 시인 서탄은 그 위에 납작 엎드리고 있었다. 천장이 늙은 시인 서탄 위로 다리미처럼 내려왔다.

아침이 오고 빌딩이 부풀어 오르고 햇빛이 건물을 비추었을 때, 건물 옥상 한 귀퉁이에 상처 입은 파충류 한 마리가 똬리 틀고 혀를 내밀고 있었다. 파충류는 아주 먼 곳의 냄새를 맡고 있었다.

몇 달 동안 종적을 감추었던 시인 J는 강원도에서 숨을 거두었다.

시인 J는 어느 과부와 펜션 뒷마당 파라솔 아래서 술을 마시다가 비명을 지르고 난 뒤 온몸이 뻣뻣해졌다고 한다.

과부가 119를 불렀다. 병원 응급실에 실려 간 시인 J의 얼굴은 사람 모습이었으나 몸은 늑대와 비슷한 모습이었다고 알려졌다.

시인 J에게 시를 배웠다고 하는 과부는 경찰에 붙들려 가면서 기자들에게 시인 J와의 관계를 시인했다.

"키스할 때는 괜찮았어요. 하지만 그가 옷을 벗으면 견디기 힘들었지요. 그렇지만 나는 소주에 약 넣지 않았어요. 그 사람은 평소에 자기를 노리는 사람들이 있다고 했어요."

펜션 뒷마당 풀밭 돌 틈으로 파충류 한 마리가 사라지고 있었다.

시인 J의 시집이 조금씩 팔리기 시작했다.

산이 무너지고 있었다

　남자는 짐승들을 많이 때려잡았다. 남자가 때려잡은 짐승의 수는 남자가 살아온 날보다 훨씬 많았다. 남자는 산 중턱 계곡에 커다란 창고를 짓고 짐승들을 때려잡았다.

　세월이 흐르고 세상이 바뀌었다. 이제 남자가 하던 일은 사람들에게 비난받는 일이 되었다. 환경오염과 동물 학대는 비난하는 사람들의 명분이 되었다. 남자는 계곡의 창고를 헐어버릴지 생각하고 있었다. 하지만 짐승을 잡아달라고 찾아오는 사람들이 간혹 있었기 때문에 결단을 내리지 못하고 있었다.

　남자는 창고에 들어서면서 깜짝 놀랐다. 창고 가운데 하얀 소 한 마리가 들어와 있었다. 남자는 소를 맡기러 온 사람을 찾으려고 창고 안팎을 둘러보았다. 그러나 아무도 보이지 않았다. 남자는 창고 문을 안으로 잠갔다.

소는 움직이지 않고 서 있었다. 남자는 소 가까이 다가가 보았다. 소의 얼굴은 어디선가 본 듯한 사람의 얼굴 같았다. 남자는 손으로 소의 등을 쓸어보았다. 털은 부드러웠고 가죽은 깨끗했다. 남자는 소를 쳐다보며 오래 서 있었다. 그렇게 시간이 지나갔다.

남자는 창고에 있던 밧줄로 올가미를 만들었다. 그리고 소에게 다가갔다. 소는 도망갔다. 남자는 소 가까이 가서 올가미를 던졌다. 그러나 올가미는 소를 빗나갔다. 몇 번 더 던져 보았지만, 올가미는 소를 놓쳤다. 남자는 밖으로 나가 차 속에 있던 동물 마취용 총을 가지고 창고로 들어갔다.

창고 속에 서 있던 소는 하얗게 빛났다. 소는 남자를 향해 한 발자국씩 다가왔다. 남자는 총을 소에게 겨누었다. 소는 미소 지으며 걸어왔다. 남자는 방아쇠를 당겼다. 총에서 주사기가 날아가서 소의 목에 꽂혔다. 소는 그 자리에 섰다. 그리고 다시 남자에게로 걸어왔다. 남자는 총에 주사기를 걸고 방아쇠를 당겼다. 주사기는 소를 맞히지 못하고 창고의 벽에 부딪혀 소리를 내었다. 소는 자꾸 다가왔다. 남자는 벽에 몸을 붙이고 뒷걸음질하면서 몇 번 더 총을 쏘았다. 그중 한 대가 소의 정수리에 꽂혔다. 소는 그 자리에 멈추어 섰다. 남자는 문을 열고 밖으로 나가서 창고의 문을 잠갔다.

십 분쯤 지난 뒤, 창고 속에서 소가 쓰러지는 소리가 들렸다. 소는 쓰러지면서 외마디 소리를 지른 것 같았다.

"아가!"

창고 안으로 들어가 보니 소는 창고 가운데에 쓰러져 있었다. 남자는 도끼를 쥐었다가 놓았다. 마치 사람의 얼굴같이 생긴 소의 얼굴에 도끼를 꽂아 넣을 자신이 없었다.

남자는 소의 목에 칼을 넣어 목 아래의 껍질부터 먼저 벗겼다. 남자는 오랜만에 땀 흘리며 소 껍질을 벗겼다.

남자는 담배를 한 대 붙여 물고 돌아앉아 있었다.

남자는 다시 도끼를 움켜쥐었다. 아무래도 숨통을 끊어야 할 것 같았다. 남자가 돌아서서 보았을 때, 소가 보이지 않았다. 소가 누웠던 곳에는 벗겨놓은 가죽만 남아 있었다.

남자는 가죽 장수를 불러서 가죽을 팔아넘기고 창고 문을 꽁꽁 잠갔다.

그 뒤로, 남자에게는 자신을 향해 천천히 걸어오던 소의 얼굴이 자꾸 나타났다. 남자는 자기 얼굴을 흔들어서 그 얼굴을 털어내려고 했다.
남자는 차를 몰고 가까운 도살장들을 찾아가 보았다. 그러나 껍질 벗겨진 소를 본 사람들은 아무도 없었다.

남자는 가죽 장수에게 얼마 전에 넘긴 그 가죽이 어디로 갔는지 물어보았다. 가죽 장수는 정확하게는 모르지만, 가죽이 좋았으니 핸드백공장이나 구두공장에 갔을 것이라고 말했다. 남자는 얼마간 가죽공에 공장과 핸드백공장, 그리고 구두공장을 뒤졌다. 그러나 하얀 소의 가죽을 가져간 사람은 없었다. 남자는 조금씩 말라갔다.

동해의 해룡사 주지가 전화로 이야기했다.
"고 사장님, 우리 절 법고가 다 되었네요. 이제 제 소리가 나지 않습니다. 좋은 날 새 법고 하나 달아주세요."

북장이 고 씨는 나무들을 덧대고 나무들 사이에는 아교를 칠하고 북통을 만들었다. 북통의 가장자리에는 쇠로 테를 매었다. 그 북통 위에 소가죽을 당겨 붙여서 작은 못을 촘촘히 박아 나갔다. 이 법고의 가죽은 지난달에 구한 하얀 소의 가죽이었다.

남자의 꿈속에 할아버지가 나타났다. 할아버지는 웃는 얼굴로 남자에게 다가왔다. 하얀 소의 얼굴이었다. 하얀 소는 혓바닥으로 남자를 핥았다. 남자는 소리 지르면서 잠에서 깨었다.

남자는 할아버지의 얼굴을 다시 떠올려보았다. 할아버지의 얼굴은 조금씩 떨리거나 출렁거리는 것 같았다. 남자의 머릿속에 불이 들어왔다. 남자는 수소문하여 북 만드는 곳을 찾아다녔다. 그러던 중 법고를 만든다는 고 씨 이야기를 들었다.

어렵사리 고 씨의 작업장으로 찾아갔으나 고 씨는 없었다. 고 씨는 새 법고를 트럭에 싣고 동쪽 바다로 갔다고 했다.

법고각에 달려 있던 낡은 북은 내려졌다. 고 씨는 인부

들과 함께 법고각에 올라가서 법고각 네 기둥에 박힌 쇠고리에 새로 만든 쇠사슬을 걸었다. 법고각 근처에서 보살아주머니들이 합장하고 서서 새 북 다는 모습을 쳐다보고있었다.

법고각에 매달린 새 법고는 아름다웠다.

해 질 무렵, 해룡사 주지가 법고각에 올라 양손에 나무막대기 하나씩 쥐었다. 주지는 양팔을 들어 북을 때리기시작했다. 북소리는 맑고 힘이 있었다. 북소리를 듣는 사람들의 뒤꿈치가 들썩거렸다.

절의 뒷산에 숨어서 그 모습을 보고 있던 남자의 온몸이떨렸다. 남자는 그 소리를 견딜 수가 없었다. 남자는 두 손으로 두 귀를 막고 소나무 아래 쪼그려 앉아 있었다.

북을 치고 난 주지가 고 씨의 손을 잡으면서 말했다.

"북소리 좋습니다. 예부터 좋은 법고를 치면 산이 무너지는 소리가 난다고 했어요. 그 산 무너지는 소리가 들립니다. 수고 많았어요. 나무 관세음보살."

보살 아주머니들이 고 씨에게 손뼉을 쳤다.

밤이 깊었다. 절 안의 모든 생명은 잠들어 있었다. 희뿌연 초승달이 하늘 한쪽에 걸려있었고 별들은 많이 보이지 않는 밤이었다. 바람이 없어서 풍경도 울지 않는 고요한 절 마당 한쪽에 오늘 새로 북을 단 법고각은 단정하게 서 있었다.

법고각 위의 새 북 앞에 남자가 서 있었다. 남자는 짐승 잡을 때 쓰던 칼을 쥐고 있었다. 남자는 법고 가죽 윗부분에 칼을 박았다. 남자가 몸을 법고 가죽에 기대어 있어서 소리는 크게 나지 않았다. 남자는 칼을 아래로 내리그었다. 법고 가죽이 세로로 갈라졌다. 남자는 법고 가죽 왼쪽 끝에 칼을 넣어서 법고 가죽을 찢었다. 그리고 오른쪽 끝에도 칼을 넣어서 법고 가죽을 찢었다. 법고 가죽은 네 갈래로 찢어졌다.

남자는 법고의 반대편으로 가서 다시 법고 가죽을 세로로 찢었다. 그때 법고가 흔들거렸다. 남자가 서 있던 곳 반대편에서 법고 속에 있던 커다란 물체가 법고각 마루에 떨어졌다. 그 때문에 법고는 거칠게 흔들렸다. 칼을 쥐고 북 가죽을 더 찢으려던 남자는 법고에 받혀 넘어졌다. 법고각 마루에 떨어진 검은 물체는 온몸을 털었다. 그리고 법고각을 기어 내려갔다. 남자는 일어나서 그 물체를 쳐다보았다.

법고에서 뛰쳐나간 물체는 소였다. 껍질이 다 벗겨진 소가 법고각을 내려가서 대웅전 속으로 들어갔다. 소는 대웅전 옆문으로 나와 산으로 올라갔다. 소는 몇 번 울었다.

남자는 소를 따라 산에 올라가고 있었다. 그러나 소는 잘 보이지 않았다. 남자는 자꾸 미끄러졌다. 산이 무너지고 있었다. 무너지는 산속으로 남자도 묻혀가고 있었다.

하늘가에는 달무리 같은 동그라미가 걸려 있었다.

돌아올 수 있을까?

　남자의 이름은 이○기. 그러나 남자의 이름은 중요하지 않다. 그냥 남자로 부르는 것이 좋겠다.

　남자는 영어학원에서 영어 회화를 가르쳤다. 사진에 나와 있던 그의 얼굴은 희고 아름다웠다. 그는 젊은 나이에 아내와 헤어지고 미국으로 갔다. 남자는 쉰 살에 우리나라로 돌아왔다.

　이 사건 담당 형사는 남자가 우리나라로 돌아온 뒤의 행적을 캐기 시작했다. 남자가 학원 강사로 몇 년 동안 일한 사실은 세무서의 자료로 확인되었다. 그가 일했던 학원들은 지금 거의 다 문을 닫았고 학원 하나만 명맥을 유지하고 있었지만, 그 학원은 원장이 바뀌었다.

　담당 형사는 학원 원장을 만나보았다. 다행히도 학원 원장은 옛날, 이 학원에서 강사 생활을 하던 시절에 남자를 만난 적이 있어서 남자의 이런저런 모습을 대충 알 수 있었다.

담당 형사는 남자가 우리나라로 돌아온 뒤 주로 성인반에서 영어 회화를 가르쳤다는 사실을 알았다. 그러나 성인반이 어떤 프로그램으로 진행되었다는 기록은 남아 있지 않았다.

담당 형사는 남자가 미국에서 무슨 일을 했는지 궁금해서 인터폴에 연락해 보았지만, 아무 자료도 받을 수 없었다.

담당 형사는 다시 학원 원장에게 찾아가서 당시 성인반에 다니던 사람들의 인적 사항을 알아내었다. 그리고 그들 가운데 몇 사람을 만나는 데 성공했다. 그들은 모두 다 여자들이었다.

여자들의 증언에 의하면 남자가 학원에서 가르친 것은 기본적인 영어 회화였지만 그것은 허울에 지나지 않았다는 것이었다. 남자는 수강자들을 언어 치유라는 개인지도로 끌어들였다고 했다.

담당 형사는 남자에게 개인지도 받은 사람들을 찾을 수

있었다. 그러나 그들은 좀체 입을 열지 않았다. 그들은 대개 병약하거나 히스테리 증세가 있거나 약간의 치매 증세가 있었다. 그러니 그들의 이야기로는 팩트를 파악하기 힘들었다. 하지만 입을 여는 사람도 있었다.

"그 인간은 간단히 말하자면 색마였지."

"말이 교육이고 힐링이지 실제로는 성교하는 프로그램이었어요."

"다들 말이 많았지만…… 나는 처음부터 끌렸어. 솔직히 말하지. 내가 스스로 원해서 개인지도를 받았지. 그런데 그 남자와 자면서 엄청난 기쁨을 느꼈어. 그 남자를 욕하는 여자들은 가짜들이야."

담당 형사는 남자가 여러 여자를 개인지도라는 명분으로 은밀한 공간으로 끌어들여 성적인 분위기를 조장했다는 사실은 분명하다고 생각했다. 그러나 그 사실에 대한 물증들은 찾을 수 없었다.

남자는 세상을 떠나 산속에서 지냈다. 남자는 산 중턱, 계곡 옆 컨테이너 하우스 속에서 생활했다. 컨테이너 하우스 속에는 어른 서너 명이 들어갈 수 있는 욕조와 커다란 침대가 있었다. 컨테이너 하우스 앞에는 테니스 코트 한 면쯤 되는 크기의 수영장이 있었다. 수영장 근처에는 몇 개의 석고상들이 서 있었다.

남자는 수염을 기르고 수영장 옆의 빈터에 앉아 명상의 시간을 보냈다.

초여름 날, 얼굴이 날카롭게 생기고 몸매는 날아갈 듯한 중년의 여자가 남자를 찾아왔다. 여자는 수영장 옆 파라솔 아래 앉아 있던 남자에게 쪽지를 건넸다.

"말을 잃어버렸어요."

남자는 컨테이너 하우스 속으로 들어가 욕조에 따뜻한 물을 채워 넣었다. 남자는 여자를 데리고 컨테이너 하우스로 들어갔다.

여자는 발가벗은 채 욕조로 들어갔다. 남자는 팬티만 입은 채 욕조로 들어갔다. 남자는 여자를 욕조 바닥에 앉혔다. 남자는 바가지로 물을 떠서 여자의 몸에 부었다. 그리고 손으로 여자를 씻기 시작했다. 여자는 가만히 앉아 있었다. 남자의 손이 닿은 곳마다 여자는 지워지기 시작했다. 여자의 얼굴만 허공에 떠 있었다. 남자는 따뜻한 물을 손으로 적셔서 여자의 뺨을 닦았다. 여자의 얼굴이 반쯤 지워졌다. 남자는 남아 있던 여자의 얼굴을 마저 훔쳤다. 여자의 모습은 사라졌다. 욕조 안은 자욱한 안개뿐이었다. 남자는 두 손을 합장한 채 한동안 욕조 속에 앉아 있었다.

남자는 공중에 대고 말했다.

"이제 따라서 말하세요. 입."

시간이 조금 흐르고 나서 여자의 목소리는 가늘게 떨려 나왔다.

"입."

남자가 여자의 입술 근처를 손으로 훔쳤다 안개 자욱한 공중에 여자의 입술과 인중이 나타났다.

남자가 말하고 여자가 따라 말했다.

"귀."

"귀."

허공에 여자의 두 귀가 나타났다. 여자의 칼같이 날카로운 두 귀는 짐승들의 귀처럼 앞뒤로 움직였다. 남자는 두 손으로 여자의 귀를 만져주었다.

남자가 말하고 여자가 따라 말했다.

"얼굴."

"얼굴."

여자의 얼굴이 모두 나타났다. 눈꼬리 쪽으로 약간 올라간 여자의 두 눈은 감겨 있었다. 남자는 손으로 여자의 얼굴을 만졌다.

남자가 말하고 여자가 따라 말했다.

"머리."

"머리."

여자의 머리가 나타났다. 머리는 짧은 커트 머리였다. 머리칼은 밝은 갈색으로 염색되어 있었다. 남자는 허공에 나타난 여자의 머리에 손을 뻗어서 머리칼을 만져보았다. 머리칼은 싱싱했다. 그러나 머리칼 속 멜론 껍질같이 생긴 두피는 생각을 복잡하게 흘려보내고 있었다.

남자가 말하고 여자가 따라 말했다.

"어깨."

"어깨."

남자는 여자의 어깨를 두 손으로 부드럽게 만져주었다.

남자가 말하고 여자가 따라 말했다.

"가슴."

"가슴."

약간 처진 여자의 젖가슴이 나타났다. 여자의 두 젖가슴 위에는 건포도 같은 꼭지들이 달려 있었고 건포도 근처에는 검은 테가 둘러 있었다.

남자는 두 손으로 여자의 젖가슴을 받쳐 올렸다. 그리고 부드럽게 만졌다. 여자는 잠시 신음을 내었다.

남자가 말하고 여자가 따라 말했다.

"다리."

"다리."

여자의 두 다리는 물속에서 살아났다.

남자는 두 손으로 여자의 두 다리를 쓸어주었다.

남자가 말하고 여자가 따라 말했다.

"몸."

"몸."

여자의 몸이 욕조 속에서 다 살아났다. 여자는 두 눈을 떴다. 여자는 양팔로 남자의 몸을 휘감으며 머리를 뒤로 젖혔다. 여자는 욕조에 몸을 기댔다. 그리고 남자의 팬티를 벗겼다. 남자의 검은 팬티가 가리고 있던 곳에는 송이버섯 하나가 솟아올라 있었다.

한 차례 몸을 섞고 난 남자와 여자는 침대에 앉아 마주
보고 있었다. 두 사람의 젖었던 몸은 거의 다 말랐다.

남자가 손바닥을 제 가슴에 대며 말하고 여자가 따라 했다.

"나."

"나."

남자가 오른손 검지로 여자의 얼굴을 가리키며 말하고
여자가 따라 했다.

"너."

"너."

남자의 얼굴이 굳어졌다. 여자의 얼굴이 바뀌고 있었다.
여자의 눈꺼풀은 말려 올라가 쌍꺼풀이 되었고 여자의 높았
던 콧등은 조금씩 낮아지고 콧방울이 커졌다. 얇고 날카롭
던 귀는 둥근 모습으로 바뀌었다. 남자의 얼굴이 씰룩거렸고
눈 아래가 가늘게 떨렸고 눈꺼풀은 빠르게 깜빡거렸다.

남자가 말하고 여자는 아무 말 하지 않았다.

"너, 경희!"

남자가 손을 뻗어 여자의 얼굴을 만지려 하자 여자가 얼굴
을 옆으로 돌리고 남자의 손을 수도手刀로 막아 옆으로 밀어
내었다. 여자의 얼굴은 다시 바뀌었다. 입술이 바깥으로 밀

러 나오며 두툼하게 변했고 왼쪽과 오른쪽 광대뼈가 솟아올랐다. 여자의 갈색 머리칼을 밀어내며 하얀 머리칼들이 빠르게 자라 나왔다.

여자가 다시 남자를 쳐다보았고 남자는 여자를 향해 소리 질렀다.

"너, 하늬!"

여자도 남자를 향해 소리 질렀다.

"그래, 나, 하늬!"

컨테이너 속에서 발가벗은 남자와 여자가 일어서서 서로를 껴안고 있었다.

남자와 여자는 그대로 굳었다.

물마개를 뺀 욕조에서 물이 마지막으로 돌면서 빠져나가는 코리올리 소리가 났다.

남자의 품에서 여자가 물처럼 빠져나갔다.

남자 혼자 허공을 껴안고 있는 모습의 새 석고상이 컨테이너 속에 서 있었다.

남자는 컨테이너의 문을 발로 차서 열었다. 컨테이너의

쇠문은 녹슨 금속 마찰음을 내며 바깥으로 열렸다. 빛이 천지창조의 그날처럼 컨테이너 속으로 밀려들었다. 남자는 얼굴을 찡그린 채 새 석고상을 안고 컨테이너 하우스 밖으로 나왔다. 남자는 새 석고상을 지난봄에 만든 석고상 옆에 세워 두었다.

지난봄에 만든 석고상은 오귀스트 로댕의 큰 작품인 「지옥의 문」 속 '생각하는 남자'와 자세가 거의 같았다. 남자는 지난봄에 치료받던 여자의 이에 성기를 물린 적이 있었다. 그리고 오랫동안 이 일을 그만둘 것인가에 대해 고민한 적이 있다. 그때 남자의 몸이 굳어져서 만들어진 석고상이었다.

몇 달 뒤, 늙은 여자가 찾아왔다. 여자는 가쁜 숨을 쉬며 컨테이너의 문을 두드렸다. 남자가 컨테이너의 문을 열고 늙은 여자를 쳐다보았을 때, 늙은 여자는 몹시 흐려져 있었다. 그래서 남자는 늙은 여자를 뚜렷이 쳐다볼 수 없었다. 늙은 여자는 역광 속에 서 있었고 마치 점토로 만들어진 사람처럼 한 줄의 빛도 통과할 수 없었으므로 어둡고 탁했다. 남자와 늙은 여자는 석고상들이 서 있는 곳 근처 — 커다란 파라솔 아래 앉았다.

남자와 늙은 여자는 커피를 마셨다.

여자가 말했다.

"선생님, 저 기억나세요? 옛날에 영어 회화 잠깐 배웠는데……"

"글쎄요. 죄송합니다."

"나, 김서연이에요. 모르세요?"

"잘 모릅니다."

"텔레비전을 안 보시나요?"

"네."

여자는 담배를 물고 불을 붙였다. 여자는 이야기를 이었다.

"나는 방송 작가예요. 이야기를 만들어 왔습니다. 내게 소리로서의 말(言)도 중요했지만, 뜻으로의 말이 더 의미가 있었지요. 그래서 세상에서 사용되는 말의 의미에 골몰했지요. 거기서 이야기가 시작되었으니까요.

나는 평생 많은 이야기를 만들어 왔습니다. 그런데, 처음에는 신선한 의미로 다가오던 말들이, 예를 들어 사랑, 증오, 질투, 고민, 탐닉, 이런 풋풋했던 말들이 이제는 뿌리를 뻗고 껍질이 두꺼워져서 굳은 의미로밖에는 쓰이지 않는 겁니다.

예를 들어 증오라고 합시다. 옛날에는 정말 내가 몸을 떨면서, 이야기에 나오는 인물의 증오에 공감하면서 이야기를 엮어나갔는데 이제는 그런 공감 없이 증오가 가져오는 행동들이 바로 머리에 떠오르는 겁니다. 이제 이런 말들은 내게 아무런 느낌 없이, 나를 흔들지 못하고 사용되고 있습니다."

늙은 여자는 담배를 비벼서 끄고 콧구멍으로 연기를 뿜어내었다.

"하지만 내가 엮어내는 그런 이야기들을 기다리고 있는 방송국들이 아직도 많습니다.

저는 젊은 시절부터 혼자 살면서 이야기를 쓰기 시작했어요. 무슨 이야기인지 아시죠? 그리고 너무 많은 이야기를 썼어요. 아직 제 속에는 너무 많은 이야기가 들어 있어요. 너무 많은 말이 들어 있어요. 그런데 이제 그것들은 굳어버리고 엉겨 붙어서 내게 아무 소용이 없어요.

선생님. 제 속에 있는 말과 이야기들을 모두 지워주실 수 있겠어요?"

남자는 자리에서 일어났다. 남자는 수영장을 향해 기억

자 모양으로 서 있던 수도관의 핸들을 돌렸다. 수영장 속으로 물이 쏟아져 들어갔다.

남자는 늙은 여자에게 수영복을 건네어 주었다. 늙은 여자는 컨테이너에서 수영복으로 갈아입고 나왔다. 늙은 여자의 팔다리 근육은 뼈대와 밀착해 있지 않고 펄럭이고 있었다.

수영장의 물은 허리께로 차올랐다. 남자와 늙은 여자는 수영장 속을 천천히 걸어 다녔다. 늙은 여자가 앞서서 걷고 남자는 뒤따라 걸었다. 새파란 수영장 바닥에 그어진 하얀 선을 따라 늙은 여자는 수영장을 천천히 걸었다. 늙은 여자의 발이 선을 밟을 때마다 늙은 여자의 발바닥에서 어두운색의 즙이 뿜어져 나오는 것 같았다. 늙은 여자는 물속을 걷다가 갑자기 돌아섰다.

늙은 여자는 중얼거리면서 남자에게 다가왔다. 늙은 여자는 남자에게 두 손을 들어 보였다. 남자는 늙은 여자의 두 손을 자기 두 손으로 나누어 잡고 뒷걸음질했다.

늙은 여자의 말은 알아들을 수 없었다. 늙은 여자의 말은 이 세상 어느 나라의 말도 아니었다. 늙은 여자의 말은 수영장 위를 잠시 떠돌다가 물에 젖어 사라졌다.

남자는 늙은 여자의 얼굴을 바라보며 뒷걸음질하고 있었다. 늙은 여자는 눈을 감고 천천히 걸으면서 입술을 들썩거리고 있었다. 늙은 여자의 입술에서 아주 작고 밝은 것이 튀어나왔다. 작고 밝은 것은 가벼이 날아서 떠올랐다가 가라앉기를 반복했다.

남자는 그것이 작은 나비인 줄 알았다. 그 작고 밝은 것은 결국 물 위에 떨어져서 더 이상 날지 못했다. 그것은 꽃잎이었다. 늙은 여자의 입과 코에서 꽃잎은 끊임없이 쏟아져 나와 흩날렸다.

남자는 늙은 여자의 두 손을 잡고 수영장을 빙빙 돌았다. 수영장 물 위에 꽃잎이 많이 떨어져 있었다. 늙은 여자의 발바닥에서 어두운 즙이 연이어 빠져나오고 있었다.

수영장의 물은 점점 차올라 가슴께까지 잠겼다.

늙은 여자는 남자의 손을 잡고 물 위에 떠서 물장구치며 앞으로 나아가고 있었다. 남자의 턱까지 물이 찼다. 남자는 늙은 여자의 손을 놓쳤다. 늙은 여자는 물 위를 한참 동안 혼자 헤엄치다가 갑자기 물 아래로 가라앉았다.

남자는 헤엄쳐 가서 물 아래로 가라앉고 있던 늙은 여자를 밀어 올렸다. 늙은 여자가 물을 먹었고 남자도 물을 먹었다. 남자는 늙은 여자를 수영장 밖으로 밀어내었다. 파라솔 아래에서 늙은 여자는 익사체처럼 축 처져 있었다.

늙은 여자의 몸에서 많은 말들이 빠져나가 수영장의 물은 탁해졌다. 탁한 물 위에 꽃잎과 나뭇잎이 많이 떠다녔다.

남자는 수도관의 핸들을 잠그고 늙은 여자에게 다가갔다. 늙은 여자는 가늘게 떨고 있었다. 남자는 작은 수건으로 늙은 여자의 몸을 닦았다. 그리고 커다란 수건으로 늙은 여자의 몸을 덮었다.

늙은 여자를 덮었던 커다란 수건을 걷어내자 늙은 여자는 몸을 일으켰다. 늙은 여자는 투명하고 젊은 여자가 되었다. 남자는 양팔로 여자를 안아 들고 컨테이너 안으로 들어갔다. 여자는 가벼워졌다.

투명하고 젊어진 여자를 차에 실은 남자는 남쪽 바다로 내려갔다. 남쪽 바다는 남자의 탄생과 성장의 파도가 밀려

온 곳이었다. 남자는 여자를 바닷속으로 밀어 넣어보았다. 여자의 몸은 가볍게 물 위로 떴다. 여자의 얼굴은 빛났다. 여자는 가볍고 밝아졌다.

"아, 다른 세상이야. 나, 정말 새로 태어난 거죠?"

남자는 검은 안경을 쓴 채 웃고 있었다.

남자와 여자는 해변에 누워 있었다. 여자가 남자에게 말했다.

"우리 먼 나라로 가면 안 돼요?"

"좋습니다."

"어느 나라가 좋으세요?"

남자는 검은 안경을 쓴 채 대답했다.

"남아메리카라면 다 좋아요."

여자는 남자의 입에 오래 입을 맞추고 나서 말했다.

"기다려요. 헤엄치고 돌아올게요."

여자는 바닷속으로 헤엄쳐 나갔다.

남자는 일어서서 검은 안경을 벗었다. 여자는 빠르게 멀어지고 있었다. 그는 눈을 찌푸리며 중얼거렸다.

"돌아올 수 있을까?"

여자는 바다 멀리 떠 있던 섬을 지나서 더 깊은 바다로 헤엄쳐 갔다. 그리고 돌아오지 않았다.

　남쪽 바다 무인도에 밀려가 있던 늙은 여자 방송작가의 시체에 관한 수사는 더 나아갈 수가 없었다. 오래전에 늙은 여자 방송작가가 남자에게 영어 회화를 배운 일이 있긴 하지만 지금으로서는 손에 잡히는 증거가 하나도 없으니 그럴 수밖에 없었다. 그리고 남자의 소재도 오리무중이었다.

　담당 형사는 마지막으로 남자가 살고 있었다는 산으로 가 보았다. 컨테이너 하우스는 비어 있었고 컨테이너 하우스 속의 욕조도 텅 비어 있었고 수영장은 텅텅 비어 있었다.
　바람이 불어서 수영장 바닥에 깔려있던 위조지폐 같은 말들이 떠올랐다가 가라앉고 있었다. 석고상들의 아랫부분에는 물이끼가 끼어 있었고 석고상 하나는 앞으로 쓰러져 목이 부러져 있었다.

절벽 위에 핀 꽃

그 도시는 피어났다. 그 도시는 숨이 다한 바다의 한숨과 바위산의 절망 사이에서 피어나 빠른 속도로 커지기 시작했다고 한다. 한참 그 도시가 커질 때는 바글바글 끓어올랐다고 한다. 그 도시에 집들이 들어서고 사람들이 모여들고 반듯한 길이 생기고 길 양쪽에 유리로 만든 가게들이 들어섰다고 한다. 가게들 속에는 물건들이 들어찼고 그 도시의 사람들은 줄지어 가게들로 찾아갔다고 한다.

내가 그 도시 이야기를 들은 곳은 「퍼플」이라는 바였다. 바의 마담은 자기 언니가 그 도시에서 바를 열었는데 손님이 많이 찾아 들어서 재미를 보고 있다고 했다. 마담은 언니를 통해 그 도시의 소식을 많이 듣고 있었다.

처음에 나는 그 도시에 가 보고 싶었다. 그러나 그 도시에 가 보지 못했다. 갑자기 생겨난 도시에는 오래된 도시들이 가지고 있는 독특한 문화가 없을 것이다. 어느 신생 도시들과 같은, 대기업의 지점들, 똑같은 이름의 은행들, 똑같은 이름의 옷집들, 똑같은 밥집들, 똑같은 극장들, 똑같은 마트들, 똑같은 자동차들, 똑같은 머리를 하고 똑같은 옷을 입은 여자들 남자들, 그런 도시에 무엇 때문에 가겠는가.

그 도시는 그렇게, 볼 것이 없다고 소문이 났다. 사람들은 모두 볼 것이 없다고, 아무것도 볼 게 없다고 가지 말라고 고개를 저으며 말했다. 「퍼플」 바의 마담도 그렇게 말했다. 그래서 나는 서서히 그 도시를 지워갔다.

어느 날, 나는 그 도시에 가게 되었다. 그것은 우연이었다. 하지만 필연일 수도 있었다. "그 도시는 볼 게 없어.", "가나 마나야." 그런 말들, 그런 평가들이 오히려 내 뱃속의 '배알' 옆에 있던 '궁금'을 건드려 과연 그러한지 직접 한번 가보고 싶어진 것과 맞물렸으니 우연이라고 말할 수는 없다.

한 인간이 남의 견해를 받아들이는 데는 한계가 있다. 그한계를 넘으면 인간은 견디기 힘들어진다. 「퍼플」 바 마담이 "거기 아무것도 볼 것 없어요."라며 손사래 친 것이 결과적으로는 어느 몽롱한 아침에 나를 움직이게 한 것이다.

도시는 깨끗했다. 바닷가에는 칼로 자른 듯 반듯한 콘크리트 방파제가 만들어져 있었고 이어진 방파제는 바닷속을 찌르듯이 뻗어서 등대와 이어져 있었다. 그 방파제 부근에는 테트라포드들이 많이 쌓여 있었다. 방파제에서 한참 먼 바다에는 또 하나의 기다란 방파제가 만들어져 있었다. 그 방파제 부근에도 많은 테트라포드들이 쌓여 있었다. 멀고 먼 곳에서 밀려와 숨을 거두는 파도들을 테트라포드들은 잘 안아주고 있었다.

그 도시에 대한 부정적인 평판을 들어온 까닭에 절망적인 바다를 생각했던 나는 조금 편안한 마음이 되었다. 그정도라면 파도가 아니라 용왕님이나 그 일가권속이라도 마음 놓고 뭍으로 올라올 수 있을 것 같았다. 실제로 내가 그 도시를 찾은 때가 꽃피는 봄날 오후였고 바다에는 옅은 안개가 깔렸고 아지랑이가 흔들리고 있었다. 내 흐린 눈에는 안개 속에서 방파제 근처에 옛날의 돛배가 보이는 듯했고 한 무리의 존재들이 뭍으로 올라오는 것이 어렴풋이 보였다. 나는 웃었다. 내가 생각하는 일들은 늘 헛것이 되기

쉬웠기 때문이다.

존재들이 제법 잘 보였으나 먼 거리에 있었기 때문에 그 존재들이 어떤 부류의 존재들인지는 잘 알 수 없었다. 뭍으로 올라온 한 무리의 존재들은 도시의 중심으로 사라지는 것 같았다.

나는 방파제 근처에 보이던 작은 횟집으로 들어갈 생각을 버리고 그들이 사라진 도시 가운데로 걸어갔다. 길은 도시 가운데로 시원하게 뚫려 있었다. 길의 양측에는 모두 유리로 된 가게들이 들어서 있었다. 그러나 그 거리 어디에도 바다에서 올라온 존재들은 보이지 않았다. 나는 그 존재들을 내 흐린 눈이 만든 허상이라고 생각했다.

도시의 중심가를 걸어갔다. 그러다가 어느 가게 안으로 들어갔다. 가게 안에는 여러 개의 커다란 평면들 위에 사람 얼굴과 멋있는 풍경들이 나와 움직이고 있었다. 축구선수 하나가 골대로 공을 차 넣으니, 관중석에 앉아 있던 사람들이 우르르 일어나고 있었다. 그러나 아무런 소리가 나지 않았다. 소리를 죽여 놓았다. 비키니를 입은 젊은 여자가 몸을 이리저리 흔들며 노래를 부르는 화면 앞에 섰다.

그러나 여자의 노랫소리도 들을 수 없었다. 남자 종업원이 내 옆에 와서 섰다. 화면 아래에는 평면의 가격이 적혀 있었다. 나는 종업원에게 이것은 왜 다른 것들보다 비싼지 물어보았다. 종업원은 대답했다.

"이것은 화면 속의 물건이 정말 튀어나오는 것처럼 보이는 입체 평면입니다."

종업원은 내게 안경을 주면서 한번 써보라고 했다. 나는 안경을 받아 쥐고 물어보았다.

"물건이 정말로 튀어나오는 것은 아니지요?"

종업원은 웃으면서 대답했다.

"그렇지요."

물건이 직접 튀어나오는 것은 아니지만, 튀어나오는 것 같이 느껴지게 한다. 속이 뻔하다. 인간들은 심심하니까 이런 것을 만드는 것이다.

나는 종업원에게 안경을 돌려주었다.

다시 길을 걸어갔다. 얼마 안 가서 등산복 파는 가게가 보였다. 남자 마네킹과 여자 마네킹 모두 목이 날아갔다. 목이 날아간 마네킹들은 등산복을 입고 걸어가다 멈춘 자세

로 굳어 있었다. 가게 안으로 들어갔다. 가게의 여자 종업원
이 다가왔다. 나는 손으로 남자 마네킹을 가리키며 물었다.

"저 옷은 누구를 위해 만든 겁니까?"

종업원은 대답했다.

"손님 같은 분들을 위해 만든 겁니다."

어떻게 나를 위해 만들 수 있다는 건가? 나와 같은 키
에 나와 같은 가슴둘레, 허리둘레, 나와 같은 팔 길이와 다
리 길이를 가진 사람이 얼마나 될까? 아마 백 명에 하나도
안 될 것이다. 몸은 그렇다 하더라도 저 등산복의 디자인
과 색깔을 좋아할 영혼을 가진 사람은 또 열 사람 중 하나
도 되지 않을 것이다. 그런데 나 같은 사람을 위해 만들었
다고? 물어보지도 않고?

사람들은 가게로 들어와서 치수가 조금씩 다르다고 해도
입어보고 대충 맞으면 몇 가지 디자인과 색상 중 하나를
사서 입는다. 어주리처럼 보여도 메이커 있는 걸 샀다고 좋
아하고 자부심을 가진다. 그런 인간들을 위해 미리 만들어
놓는다. 속이 뻔하다.

조금 더 걸어가니 가게에서 길 쪽으로 노랫소리가 밀려

나왔다. 그 가게로 들어가 보았다. 첼로 소리가 마치 생음악처럼 밀려 나오는 커다란 박스 앞에 섰다. 콧수염을 기른 남자가 내게 다가왔다. 나는 다른 박스들을 가리키며 말했다.

"저 박스들에서도 소리가 나옵니까?"

콧수염은 말했다.

"네 그렇습니다."

나는 옆걸음으로 작은 박스 앞에 섰다. 그리고 다시 물었다.

"작은 박스에서는 작은 소리만 납니까?"

콧수염은 말했다.

"아닙니다. 작은 박스에서도 큰 소리가 나올 수 있습니다."

그것 봐. 큰 상자나 작은 상자나 다 같은 소리를 낼 수 있다고 한다. 속이 뻔한 소리야. 어떻게 작은 상자가 큰 상자와 같은 소리를 낼 수 있다는 거야. 작은 것에 큰 것을 넣으면 작은 것은 찢어진다. 작은 상자가 큰 소리를 내면 소리도 틀어진다.

빵집이 보였다. 빵집 가운데에는 탁자 위에 커다란 케이크가 놓여 있었다. 케이크의 키는 일 미터쯤 되었다. 나는 케이크 쪽으로 다가갔다. 내 두 손이 자꾸 오그라들었다. 내 손가락들이 꼼지락거렸다. 케이크는 3층으로 되어 있었다. 케이크의 1, 2층은 원통 모양이었다. 3층은 고대 그리스의 신전 같은 모습이었지만 지붕 아래 신전의 기둥은 보이지 않았고 하얀 벽만 보였다. 그 하얀 벽 앞에 턱시도를 입은 남자 인형과 하얀 드레스를 입은 여자 인형이 손을 잡고 웃으며 서 있었다.

나는 케이크에 다가가다가 선다. 빵집 문밖에서부터 케이크 가까이 가면서, 내 손이 하얀 집의 벽을 여러 번 긁은 것을 깨닫는다. 나는 내 손이 내 몸도 긁어내린 것을 안다. 눈앞에 맛있는 케이크가 보이고 인간들은 꼬리를 흔들며 침을 삼키며 한 걸음 한 걸음 다가간다. 그뿐만 아니다. 턱시도와 드레스를 입은 남녀가 피워 올리는 '행복'이라는 꽃봉오리를 향해, 그들 가족, 친구, 친지들이 모여 초를 꽂고 초에 불을 붙이면 활짝 열릴 꽃잎을 향해 한 걸음씩 다가간다. 그러다가 얼굴을 케이크 속에 처박거나 발끝에 힘을 주어 빵집 바닥을 밀며 힘들게 돌아서서 나오거나 한다. 뻔하다.

서너 살쯤 된 남자아이가 한 손을 쳐든 채 케이크를 향해 달려간다. 아이의 엄마가 놀라서 뛰어간다. 그러나 엄마가 아이를 잡기 어려운 거리였다. 아이가 손을 들어 케이크의 밑동에 손가락을 집어넣기 바로 전에 종업원 아가씨가 아이의 몸을 안아 올린다. 케이크 위의 신랑 신부는 웃고 있다. 행복하다. 꽃이 피어있다.

도시 중심가의 유리 가게들을 벗어나 걸어갔다. 해가 지고 어두워졌다. 도시의 집들은 한 집 두 집 불을 켰다. 오르막길을 따라 걸었다. 오르막길이 끝나니 집들도 보이지 않았다. 돌아다보니 발아래로 이 도시의 밤 풍경이 잘 내려다보였다. 멀리 바닷가에서부터 이곳 산 중턱까지 끓어오른 도시를 내려다보고 나서 고개를 돌려 뒤쪽을 보았다.

거기, 절벽이 있었다. 절벽은 까마득했다. 나는 천천히 절벽 앞에 가서 섰다. 통곡의 벽 앞에 선 유태인처럼 눈을 감고 묵상에 잠겼다. 절벽 아래서 죽음을 생각했다. 절벽 아래서 부활을 생각했다. 그런 내 생각들이 주위를 더 어둡게 만들었다. 절벽 아래 빈터에 보안등이 켜졌다.

묵상을 끝내고 고개를 들어 절벽을 올려다보았다. 보안등에 비친 절벽은 붉은색을 띠고 있었다. 절벽의 맨 아래쪽에는 소원을 빈 여인들의 흔적으로 보이는 촛대와 촛농,

불에 탄 종이들이 보였다. 조금 뒤로 물러서서 다시 살펴보
았지만, 바위에는 마애불 같은 형상은 보이지 않았다.「퍼
플」바의 마담이 한 말이 생각났다. 애초에 이곳에는 낮은
바위산이 있었는데, 바닷가에 도시가 들어서면서 바위가
자꾸 하늘로 자라올라 가기 시작했다는 것이다.

보안등 아래 계단에 앉아서 나는 생각에 잠겼다. 저 아
래 유리로 된 가게에 들락거리던 사람들, 그 꽃 속을 드
나들던 나비 같은 인간들은, 이제 집으로 돌아가서 불을
켤 것이다. 그리고 꽃 속에서 사 온 달콤한 상자나 평면이
나 케이크를 즐길 것이다.

밤이 깊어졌다. 내가 떠나온 도시로 돌아가고 싶은 마음
과 이 절벽 아래서 좀 더 오래 있으면서 절벽 자라는 소리
를 듣고 싶은 마음 사이에서 나는 흔들렸다. 흔들리면서
좀 더 오래 앉아 있었다.

시간이 많이 지나갔다. 나는 돌아가기로 마음먹었다.
비탈길을 따라 내려가다가 한 무리의 사람들과 마주쳤
다. 검은 양복 차림의 남자들 사이에 우아한 옷을 입은 중

년의 여인이 있었다. 그들은 빈터를 향해 올라가고 있었다. 나는 걸음을 멈추고 그들을 바라보았다. 어디서 보았더라, 저 존재들을? 그들은 걸어 올라가서 절벽 아래 모여 무언가 이야기를 주고받았다. 그들이 이야기하고 있을 때 절벽이 사람의 키 두어 배 정도로 껑충하게 높아지는 것을 보았다. 절벽 아래 서 있던 사람들은 그것을 모르는 것 같았다. 그들은 이야기를 끝내고 절벽을 쳐다보거나 뒤돌아서서 도시의 야경을 내려다보고 있었다. 그때 그 우아한 옷을 입은 여인이 던진 말이 내가 서있던 곳까지 들렸다.

"어머나, 꽃이 저기까지 올라가 버렸네."

절벽 한쪽 세로로 갈라진 틈새에 철쭉꽃이 피어있었다. 여자는 다시 말했다.

"언제 저기까지 올라갔지? 저긴 아무도 못 올라갈 거야."

어찌 된 일일까? 나는 다시 비탈길을 걸어 올라갔다. 세로로 찢어진 바위틈에 몸을 밀어 넣어 절벽을 기어 올라갔다. 철쭉꽃을 몇 송이 꺾어서 입에 물고 바위틈으로 내려왔다. 땅에 내려서서 물고 있던 철쭉꽃을 손에 쥐었다. 그리고 그 우아한 여인에게 다가갔다. 검은 신사복 입은 남자 둘이 내 앞을 막았다. 여인이 그 남자들을 옆으로 밀었다. 나는 말했다.

"제가 꽃을 드려도 되겠습니까?"

여인은 고개를 끄덕였다. 나는 철쭉꽃을 여인에게 건넸다. 여인은 꽃을 쳐다보았다. 여인은 케이크 위에 서 있던 하얀 신부 인형처럼 웃었다.

그 도시는 잘 굴러갔다. 구르면서 잠시 멈추기도 했다. 방송에서는 바람이 불어 그 도시의 간판들이 떨어져서 다른 가게들을 부수었다는 소식이 들렸다. 그리고 다시 잘 굴러갔다. 그 도시는 다른 도시들처럼 잘 굴러갔다. 그 도시 앞의 바다도 고요했다.

「퍼플」바의 마담은 얼마 전에 바다에서 올라온 용왕의 여동생이 붉은 바위 아래서 어느 늙은이에게 꽃을 얻고는 흡족해하며 바다로 돌아갔다고 이야기했다.

나는 마담의 이야기를 귓등으로 듣는 듯 무표정하게 앉아 있었다. 그러나 머릿속에는 늘 그 붉은 바위가 조금씩 솟아오르는 모습이 뚜렷하게 보였다.

마네킹

알지 못한 사이에 키 작은 할머니네 집 옆에 미용실이
문을 열었다. 미용실 여자는 오십을 훨씬 넘은 나이였다.
미용실 여자는 늘 고개를 빳빳하게 들고 손님을 맞았다.
미용실 여자의 머리 깎는 솜씨는 젬병이었다. 미용실에는
손님이 거의 찾아오지 않았다.

미용실 여자는 손님이 없으면 가위로 자신의 머리칼을
조금씩 잘랐다. 그리고 고개를 빳빳하게 들고 거울을 쳐다
보고 웃고 있었다.

동네 아래쪽에 젊은 여자들이 「머리헤어」를 열고나서 미
용실 여자는 하루 종일 거울만 쳐다보았다. 미용실 여자의
머리는 점점 짧아졌다.

어느 날, 여자 스님 둘이 미용실을 찾아왔다. 스님들은
미용실 여자의 남은 머리를 다 밀어주었다. 미용실은 문을

닫았다. 미용실 여자는 스님들을 따라 구름 속으로 갔다.

　미용실로 들어가는 가스관의 레버가 잠겼다. 나는 문 닫은 미용실 옆 담벼락에 붙어 있던 굵은 가스관과 가스관의 맨 꼭대기에 막혀있던 부분과 잠겨져 버린 레버를 보고 서 있었다. 가스관 속에는 아직 분노가 가득 차 있는 것 같았다.
　키 작은 할머니가 나를 한참 동안 처다보았다. 키 작은 할머니는 손가락 사이에 담배를 끼우고 서 있었다.

　미용실 옆집 옆집은 고물상이었다. 아침에 남편이 트럭을 몰고 와서 고물을 마당에 가득히 부려놓고 가면 고물상 여자는 마스크를 끼고 고물 더미 속으로 들어갔다. 남편은 두어 번 더 고물을 싣고 와서 부려놓았다. 고물상 여자는 고물 더미에 들어가서 보이지 않았다. 해 질 녘이면 고물상 여자의 모습이 나타났다.
　고물상 대문 근처에는 고물상 여자가 골라놓은 물건들이 쌓여 있었다.
　해 질 녘이면 고물상 여자는 때 묻은 파라솔 아래서 의자를 끌어당겨 앉았다. 그리고 담배 한 대 불붙여 물었다.

고물상 여자의 한쪽 눈은 늘 엉뚱한 데를 보고 있었다. 고물상 여자의 손은 갈퀴처럼 여위었다. 고물상 여자는 두 다리를 앉은뱅이저울 위로 올렸다. 저울의 바늘이 움직였다. 고물상 여자가 담배를 피우는 동안 저울의 바늘은 0을 향해 움직이고 있었다. 고물상 여자는 담배 연기로 빠져나가고 있었다.

고물상 옆에는 작은 공간에 미싱 한 대 놓고 옷 고치는 여자가 있었다. 여자는 사람들이 가게 앞을 지나다녀도 쳐다보는 일이 없었다.

나는 옷 고치는 가게 문 앞에 섰다. 여자는 나를 쳐다보지 않았다. 여자의 안경 낀 옆모습과 미싱 그리고 여자의 손만 보였다. 문을 열고 가게로 들어갔다. 몇 년 입지 않은 코트의 단추들이 거의 다 떨어지려고 흔들리고 있었다.

여자는 자리에 앉은 채 내 코트를 건네받고는 아무 말 없이 미싱질하고 있었다.

다음날, 단추들은 제 자리에 가서 단단히 붙어 있었다. 나는 기분이 좋아져서 장롱에 있던 옷을 하나씩 가져다주기 시작했다. 소매의 올이 나간 점퍼와 단이 약간 긴 면바지, 허리가 작아져 버린 양복바지들도 가져다주었다. 조금만 수상해 보이는 옷들은 걷어서 주었다. 여자는 나에게 옷을 돌려주고 돈을 받고 나서는 아무런 이야기도 하지 않았다. 나는 고개를 숙인 채 가게를 걸어 나왔다.

나는 다시 내 빈약한 옷장을 열어보았다. 그리고 옷장 구석에 걸린 하프코트를 끄집어내었다. 십 년 전에 사서 몇 번 입지 않은 것이다.

내가 여자에게 하프코트를 건네면서 품을 줄여달라고 말했을 때 여자는 비로소 입을 열었다.

"윗도리 벗고 코트를 한 번 입어보세요."

여자는 품이 남는 곳에 바늘을 찔러 넣어 붉은 실로 흔적을 남겼다. 여자는 내 뒤로 돌아가서 두 손으로 내 허리를 껴안았다. 여자와 나는 그렇게 오래 서 있었다.

며칠 뒤, 품 줄인 코트를 입고 나서 여자와 나는 마주 보고 선 채 입을 맞추었다. 여자의 입에서는 청국장 냄새가 났다.

여자는 내 외투를 벗겨서 옷걸이에 걸었다. 여자는 가게 문을 안으로 잠그고 안경을 벗었다. 여자는 가게 속의 불을 껐다. 그리고 낡은 옷과 천 조각들이 쌓인 곳에 가서 누웠다. 내 물건은 벌써 일어서 있었다. 여자의 물건도 젖어 있었다.

아랫도리를 벗은 채 우리 둘은 희미한 어둠 속에 누워 있었다. 여자는 자기 사타구니를 더듬어 무엇인가를 찾아내었다. 꽃자주색 젖은 천 조각이 뽑혀 나왔다.

나는 한동안 옷 고치는 집에 가지 않았다. 더 이상 가져다줄 옷이 없었다.

내 생일날이었다. 발걸음이 흔들리고 있었다. 많이 마셨다. 건네받은 꽃다발을 들고 집으로 가고 있었다. 너무 늦었다. 슈퍼도 문을 닫았다. 옷 고치는 집에만 불이 켜져 있었다. 옷 고치는 집 문 앞에 섰다. 여자의 얼굴이 나를 쳐다보았다. 여자는 문을 열었다. 꽃다발을 여자에게 주었다. 여자는 벌보다 더 깊이 꽃 속으로 들어갔다가 나왔다.

옷 고치는 집 속으로 들어갔다. 여자가 말했다.

"옷 벗으세요. 옷 한 벌 드릴게요."

나는 옷을 벗었다. 여자는 옷 한 벌을 건네주었다. 나는 천천히 옷을 입기 시작했다. 옷은 약간 작았다. 나는 바지를 다 입고 윗도리를 입다 말고 정신을 잃었다.

여자는 가게 문을 안으로 잠그고 내게 다가왔다. 여자는 가위와 칼로 내 몸을 조금씩 고치고 꼼꼼히 꿰맸다. 그리고 작아진 내 몸에 옷을 입혔다.

나는 여자와 같이 꽃밭을 걸어갔다. 꽃밭에는 남자아이와 여자아이가 서 있었다. 아이들은 나를 보고 소리 질렀다.

"아빠, 아빠!"

나는 쓰고 있던 선글라스를 벗었다. 꽃밭이 푸르고 검게 변했다. 아이들이 내게로 뛰어오고 있었다.

나는 손에 든 선글라스를 멀리 던져버리면서 말했다.

"나, 너희 아빠 아니다!"

뛰어오던 아이들이 사라졌다. 내 옆에 서 있던 여자가 나를 쳐다보고 서 있었다. 내 무릎이 꺾였다. 나는 꽃밭에

엎어졌다. 여자는 내가 입고 있던 죽은 남편의 옷을 벗겨
갔다.

　고물상 쓰레기 더미 속에서 벌거벗은 마네킹 하나가 일
어서고 있었다. 마네킹의 몸은 여러 군데 상해 있었다. 마
네킹은 꽃다발로 사타구니를 가리고 고물상을 벗어나고
있었다. 고물상 여자는 두 다리를 저울 위에 얹은 채 먼 하
늘을 쳐다보며 담배를 피우고 있었다. 저울의 바늘이 움직
이고 있었다.

아버지의 산

　현(炫)의 아버지는 산이었다. 현은 산에서 개울물처럼 흘러내려와 대학으로 갔다. 생물학과. 아버지는 현이 식물학자가되기를 원했지만, 현은 식물에 별다른 홍미를 느끼지 못했다. 식물들은 현이 어릴 적부터 늘 그 자리에 있었기 때문이었다. 현이 다니던 생물학과의 19명은 여학생이었고 현 혼자만 남학생이었다. 현은 여학생들과 친하게 지내지 않았다. 현에게 같은 과의 여학생들은 아버지의 산에 서 있던 리기다소나무나 같았다.

　대학 3학년 때, 같은 반 여학생 빈(牝)의 어머니가 돌아가셨다. 수업이 끝나자, 생물학과 3학년 학생들은 버스를 타고 장례식장으로 갔다. 빈의 어머니 영정 아래서 다 같이 절을 하고 상주들에게도 절을 하고 일어서서 식당으로 가려고 하던 학생들은 갑자기 터진 큰 울음소리에 걸음을 멈추었다. 학생들은 뒤돌아보았다. 검은 옷을 입은 빈이 현의 가슴을 파고들면서 소리내어 울고 있었다. 현은 어쩔 줄 모르고 서 있었다. 그 순간에 현은 혼자 중얼거리고 있었다.

"모든 것이 운명처럼 이렇게 온다는 말인가?"

현은 한 손으로 빈의 등을 다독거렸다.

학생들은 모두 식탁 앞에 앉았다. 조금 지나서 현이 와서 앉았다. 이어 빈이 현의 옆에 와서 앉았다. 빈은 눈물을 닦으면서 와 주어서 고맙다고 인사했다. 현의 눈가에도 눈물이 맺혀 있었다.

그해 가을에는 현과 빈 둘이 대학교 안을 나란히 걸어가는 모습이 몇 번 보였다.

현과 빈, 둘이 만난 카페에는 다른 손님이 한 사람도 없었다. 현은 빈에게 다음 날 입대한다고 말했다. 빈의 얼굴이 굳었고 눈은 커졌다. 빈의 눈은 자꾸 커졌다. 빈의 눈시울은 젖은 채 호수처럼 커졌다. 이윽고 카페가 그 호수에 떠 있었다. 호수는 흔들렸다. 빈은 담배를 끄집어내어 피우기 시작했다. 담배 연기는 호수 가득히 안개처럼 퍼져 나갔다. 현은 흔들리는 자신을 버티기 위해서 의자 팔걸이를 손으로 꽉 쥐었다. 현은 약간의 멀미를 느꼈다. 현은 화장실에 가기 위해 일어섰다. 현이 화장실에서 얼굴을 씻고 자리로 돌아왔을 때 빈은 보이지 않았다. 카페 전체를 흔들어대던 호수의 물결과 자욱한 담배 연기만 보였다.

봄이 오고 대학이 문을 열었다. 생물학과 4학년 교실에는 여학생들뿐이었다. 현이 보이지 않았고 빈도 보이지 않았다. 모두들 현과 빈이 멀고 먼 어느 나라로 같이 갔을 거라고 수군거렸다.

현은 바닷가에서 수평선을 오래 쳐다보고 있었다. 오래 쳐다보고 있으면 수평선 한쪽이 뭉개졌다. 뭉개진 곳으로 사물들이 걸어왔다. 산속에서 혼자 살다가 얼마 전에 돌아가신 아버지. 아버지 산의 나무들. 나무들이 걸어오는 모습은 신기했다. 흡사 사람들처럼, 파도에 얹힌 것처럼 울렁거리며 다가왔다. 낙엽송들이 다가왔다. 낙엽송들은 성큼성큼 다가왔다. 낙엽송들 사이로 빠르게 도망가는 족제비가 보였다. 족제비는 낙엽송 숲을 빠져나가 수평선 쪽으로 힘껏 달려갔다. 족제비가 수평선에 닿아 수평선이 잠시 붉은색으로 물들었다. 전화기가 울었다.

"사촌 동생이 면회 왔어. 중대로 들어와."

흰 벽돌의 PX 건물 앞에 사촌 동생이라고 거짓말을 한 빈이 연두색으로 서 있었다. 빈은 한 꺼풀 벗었다. 남자인지 여자인지 모를 옷차림을 하고 대학에 다녔던 빈은 원피스를 입고 머리를 밝은색으로 물들인 여자가 되어 서 있었다.

현과 빈은 버스를 타고 근처의 도시로 갔다. 도시로 가는 버스 속에서 현은 다시 수평선을 보았다. 수평선은 아무 일 없이 단단히 잠겨 있었다.

저녁을 먹고 나서 현과 빈은 모텔로 들어갔다. 모텔의 천장에는 거대한 여자가 벌거벗은 몸을 꼬고 얼굴을 침대 쪽으로 향한 채 웃고 있는 그림이 그려져 있었다. 현은 그 거대한 여자가 섹시하게 느껴지지 않았다. 원피스 차림으로 테이블 앞 의자에 앉아 있던 빈이 훨씬 더 섹시했다. 빈은 담배에 불을 붙였다. 현은 맥주를 들이켰다. 둘은 옷을 입은 채 의자에 앉아 새벽까지 몇 마디 선문답만 주고받았다.

현이 제대하던 날 저녁에 현과 빈은 만났다. 둘은 마주
보고 웃었다. 그리고 모텔로 들어갔다. 빈은 겉옷을 벗고
의자에 앉아 담배를 피웠다. 현도 예비군복 외투를 벗고
의자에 앉아 맥주를 마셨다.

아침에 일어나 보니 둘은 침대 위에 나란히 누워 있었다.
현은 기억을 더듬어 보았다. 그러나 빈의 몸에 다가간 기억
은 잡히지 않았다.

얼마 지나지 않아 빈이 현에게 임신했다고 전화했다. 빈
은 전화하면서 울었다.

모든 일은 빠르게 돌아갔다. 현은 건강식품 회사에 취직
했고 빈이 아파트를 구했다. 결혼식에는 생물학과 동기 18
명의 여자가 다 왔다. 18명의 여자는 현과 빈을 에워싸고
사진을 찍었다. 사진을 뽑아보니 18그루의 리기다소나무
앞에 현과 빈이 서 있었다.

괌의 호텔에서 현은 다짐했다.

"이제는 제대로 된 섹스를 해 봐야지."

현은 빈을 벗겼다. 빈의 알몸은 탐스러웠다. 현이 빈의 몸을 만지자, 빈이 말했다.

"꼭 해야겠어?"

현은 고개를 끄덕였다. 현은 이미 화가 난 연장을 빈의 계곡에 들이대었다. 그러나 연장은 계곡의 벼랑에 부딪혀서 튕겨 나왔다. 빈의 계곡은 미로였다. 여기저기 닿는 곳마다 연장 끝에서는 불꽃이 튀었고 계곡 아래에는 낙석들이 쌓였다. 그러다가 어느 계곡으로 미끄러져 들어가서 물을 쏟았다. 현은 소리를 질렀다. 그러나 빈의 손이 현의 입을 틀어막았다.

"소리 지르지 마! 다 듣는다고!"

공사가 끝나고 나서 현과 빈은 낙석들을 치우고 꽝의 투명한 바다를 보며 걸었다. 현의 어깨는 처져 있었다. 현은 앞으로의 공사가 걱정되었다.

빈의 배는 자꾸 불러왔다. 빈의 헛구역질은 계속되었다. 빈은 담배를 더 자주 피웠다. 아파트 위층의 여자가 내려와서 담배 연기 때문에 못 살겠다고 소리 지르고 갔다.

어느 날, 빈의 배는 쑥 꺼져버렸다. 상상임신이었다.

빈은 밖에 나가지 않고 방에 구겨져 앉아서 종일 담배를 피웠다. 담배 연기 때문에 다시 내려온 위층 여자의 얼굴에는 빈의 손톱자국이 지나갔다. 빈은 위층 여자와 남자가 타고 다니던 승용차 두 대의 유리들을 큰 돌로 부수었다.

현은 위층의 자동차 수리비를 지불했다. 빈은 두 달 동안 병원에 가 있었다. 빈은 꺼죽해졌다. 의사는 도시를 떠나 조용한 곳에서 정양하는 것이 좋겠다고 말했다.

빈은 시베리안 허스키 두 마리를 샀다. 현은 빈과 시베리안 허스키들을 태우고 북쪽으로 차를 몰고 갔다. 북쪽으로, 더 이상 올라갈 수 없는 북쪽의 끝— 아버지가 돌아가신 뒤 비어 있던 산속의 집으로 갔다.
현은 주중에 회사를 다녔고 주말에는 산속의 집으로 갔다. 산속의 집에서 빈은 조금씩 힘을 얻어갔다. 산속의 집에서 시베리안 허스키 두 마리와 살면서 빈은 매일 밤 긴 글을 썼다. 그러나 다음 날에는 그 글들을 새카맣게 지웠다.

현은 부동산중개사로부터 전화를 받고 나서 두 눈의 초점이 흐려져 버렸다. 현은 갑자기 닥친 변화를 어떻게 받아들여야 할지 몰라서 제 자리에서 자꾸 맴돌았다.

현은 다음날 회사에 나가서 아무 일도 하지 않고 의자에 뻐딱하게 앉아서 천장만 처다보았다. 오후에 부장이 현에게 다가와서 말했다.

"일 안 해?"

현은 아무런 반응을 보이지 않고 앉아 있었다. 부장은 현의 책상 위에 있던 서류들을 집어서 현에게 뿌렸다. 현은 천천히 자리에서 일어났다. 그리고 바닥에 흩어진 서류들을 주웠다. 현은 그 서류들을 부장의 얼굴에 대고 뿌렸다. 부장의 얼굴에는 종이에 베인 상처들이 생겼다. 부장은 주먹을 쥐며 말했다.

"이놈이 미쳤구나."

현은 두 손으로 부장의 가슴을 힘껏 밀면서 소리쳤다.

"그래. 미쳤다!"

부장은 몇 걸음 뒤로 밀려가서 엉덩방아를 찧었다.

현은 한 층 아래 영업부로 내려가서 연미에게 말했다.

"우리, 가자!"

연미는 현을 따라 나갔다. 둘은 현의 아파트로 갔다. 그리고 깊은 섹스를 나누었다. 현은 연미의 젖가슴에 얼굴을 묻고 말했다.

"그 산이…… 풀렸대."

현은 언덕길에 차를 세우고 아버지의 산을 바라다보았다. 멀리서 바라보니 구름에 덮인 산은 신비로웠다. 아버지는 군사 보호구역으로 묶여 있던 산속에서 평생 나무를 심고 가꾸다가 돌아가셨다. 현의 눈가에는 물기가 어렸다.

해가 지고 있었다. 산속의 집에는 흐릿한 불들이 켜져 있었다. 현은 대문을 열고 집으로 들어섰다. 개 짖는 소리가 들리지 않았다. 현은 현관문을 밀고 안으로 들어갔다. 거실에서 고양이들의 울음소리가 들렸다. 현은 거실의 밝은 등을 켰다. 빈이 거실 바닥에 누워서 담배를 피우고 있었다. 빈의 옆에는 고양이들이 앉아 있었다. 빈이 말했다.

"시베리안 허스키 놈들 다 팔았어. 놈들이 내 앞에서 그 짓을 하더라고."

"고양이들은?"

"가게에서 사 왔어."

어린 고양이 하나와 큰 고양이 두 마리가 현을 쳐다보고 있었다. 현이 손을 내밀어도 고양이들은 다가오지 않았다. 현은 거실의 창을 열었다. 빈이 말했다.

"왜 그래?"

"공기 좀 바꾸자."

"집 가까이 있는 저 나무들 좀 베어버리면 안 될까?"

"갑갑해?"

"그건 아니고, 저 나무 그림자 속에 꼭 누가 있는 것 같아."

"시일이 좀 걸릴 거야."

"그래도 좋아."

현은 주말마다 전기톱으로 집 근처의 나무들을 잘랐다. 한 달쯤 걸려서 나무들은 거의 다 쓰러졌다. 나무들은 집 뒤에 땔감으로 쌓였다.

현은 2도(二刀) 예초기를 샀다. 키 낮은 잡목들과 풀들은 예초기에 잘려서 사라졌다.

아버지의 거대한 산 아래 넓은 언덕에 있던 나무와 풀들이 거의 다 사라졌다. 약간 비스듬한 풀밭 위에 아버지의 집은 드러났다.

풀들은 잘리고 나서 더 빨리 자라났다.

늦은 여름의 일요일 아침이었다. 현은 예초기로 집 뒤쪽의 풀숲을 베고 있었다. 뱀 한 마리가 동강이 나서 공중에 흩뿌려졌다. 현은 예초기를 끄고 갈퀴로 뱀의 사체를 치웠다. 현은 다시 예초기의 시동을 걸었다. 현은 풀숲을 베어 나갔다. 돌에 닿은 예초기 날에서 불빛이 번쩍였다. 예초기의 날이 부러져서 튀어 오르며 현의 턱 아래 경동맥을 끊었다. 현은 앞으로 쓰러졌다.

넓은 풀밭 남쪽에는 고양이 세 마리와 빈이 바위 위에 앉아 있었다. 빈은 사인펜으로 어젯밤에 쓴 이야기들을 지우고 있었다. 빈이 뿜어낸 담배 연기는 멋진 곡선을 그리며 사라지고 있었다.

넓은 풀밭 북쪽에는 예초기가 누워서 돌고 있었다. 예초기 모터를 멘 현이 풀밭에 엎어져 있었다. 예초기 모터는 오랫동안 소리 내며 돌아가고 있었다.

한 해가 지났다.

집 뒤의 커다란 낙엽송 아래 검은 옷을 입은 여자들 열 명이 걸어와서 꽃바구니를 놓고 둥글게 서서 고개를 숙였다. 그리고 여자들은 돌아갔다.

해 질 무렵에 연미가 아기를 업고 와서 우거진 풀밭 위를 한참 동안 걸어 다녔다.

빈은 폐쇄병동 속에서 해 지는 하늘을 보고 있었다.

거울 속의 훌리아

대학로로 갔다. 연극 한 편 보러 간 것은 아니다. 나는 아주 오래전에 대학로 근처에서 산 적이 있다. 그때 덮어두 었던 연기 같은 존재를 만나러 갔다. 그날은 2월 29일 아니 면 30일이었다.

연극 잡지 《떼아뜨르》의 기자였던 나는 낙산 아래 동숭 동에 살았다. 어느 낡은 집의 문간방에서 혼자 살았다. 음 식은 거의 다 사 먹었으므로 부엌은 쓸모가 없었다. 잡지 사에서 돌아오면 마당 수돗가에서 간단히 씻고 내 방으로 들어갔다. 그 방에서 책 읽고 글을 썼다.

내가 동숭동에 살면서 보낸 두 번의 겨울 중 첫 번째 겨 울이었다. 우리 잡지사의 송년회에 훌리아가 찾아왔다.

몇몇 극단의 대표들과 감독들, 그리고 배우들과 함께 훌리
아는 2차 술자리에 참석했다.

처음에 훌리아는 나와 조금 떨어진 곳에 앉았다가 자리
가 바뀌고 섞이면서 내 옆자리에 앉게 되었다. 훌리아는
말이 없었다. 가끔 사람들이 물어보는 말에 간단히 답을
하는 모습만 보였다. 나는 훌리아의 차가운 모습이 마음에
들었다.

그날 밤, 나는 맞은편에 앉아 있던 수염 기른 극작가와
함께 포스트모더니즘에 대해 많은 이야기를 했다. 내 옆에
앉아 있던 훌리아는 어느새 젊은 여배우 한 사람을 안고
있었다. 젊은 여배우는 술을 너무 마셔서 정신을 잃었다.

내가 젊은 여배우를 업고 훌리아는 내 뒤를 따르고, 그
렇게 세 사람은 내 방으로 갔다. 젊은 여배우를 방안에 눕
히고 훌리아와 나는 벽에 등을 기대고 나란히 앉았다. 우
리는 양주를 조금씩 마셨다.

훌리아는 쿠스코로 가 보고 싶다고 말했고 나는 부에노
스아이레스로 가 보고 싶다고 말했다. 훌리아가 물었다.

"거기에 뭐가 있어요?"

"발바네라 거리, 르미엔또 거리, 센떼나리오 공원. 그런데, 잘 모르지요. 아직 그 거리들이 거기에 있을지……. 보르헤스의 소설에 나오는 거리예요."

나는 보르헤스의 소설 「가려놓은 거울」을 이야기해 주었다. 훌리아는 이야기 속의 여자 이름 훌리아가 마음에 든다고 했다. 그 이름을 자기 예명으로 쓰겠다고 했다. 그때까지 훌리아는 연희라는 이름을 쓰고 있었다. 소설 속의 그 여자는 그리 좋은 캐릭터가 아니라고 내가 말해도 훌리아는 상관없다고 말했다. 나는 후회했다. 보르헤스가 그랬듯이 나도 이 여자의 거울 속으로 들어가 이상한 모습으로 변형되지 않을까 하는 생각이 아주 짧게 지나갔다. 그러나 내 기억은 또렷하지 않다. 나는 많이 취해 있었다.

늦은 겨울날, 훌리아가 내 방으로 찾아왔다. 훌리아는 관객에게 받은 것이라며 커다란 꽃다발을 내 책상 위에 놓았다. 훌리아는 검은색 외투를 벗어서 방바닥에 밀어놓고 이불을 조금 끌어당겨 자기의 다리 위에 덮었다.

읽던 책을 덮어두고 나도 방바닥에 앉았다. 방바닥에는 훌리아가 사 온 귤 한 봉지가 보였다. 나는 귤을 까먹으면서 홀리아의 큰 가슴과 조금 전에 이불 속으로 들어간 홀리아의 다리를 생각하고 있었다. 그 생각들을 떨쳐내려고 일어서서 창문을 조금 열었다. 흩날리는 눈발이 보였다. 나는 창밖을 보며 말했다.

"어, 언제부터 눈이 왔지?"

나는 홀리아에게 바싹 다가가 앉았다. 홀리아는 계속 방바닥만 보고 있었다. 나는 손을 내밀어 홀리아의 손을 잡았다. 홀리아는 그대로 한참 있다가 내 손아귀에서 천천히 자기 손을 뺐었다. 그리고 자리에서 일어났다. 홀리아는 외투를 입고 내 방을 나갔다. 나는 겉옷을 대충 걸치고 홀리아를 따라 나갔다. 홀리아는 뚜벅뚜벅 걷고 있었다. 눈은 길 위에 조금씩 쌓여 있었다. 홀리아는 아무 말 없이 걷고 있었다. 나는 문득 홀리아의 큰 가슴과 다리를 떠올린 것이 부끄러워졌다. 마로니에공원 가운데에서 홀리아는 내게 말했다.

"들어가세요."

나는 대답하지 않고 걸었다. 마로니에공원에는 무언가 무거운 것들이 가득히 웅크리고 있는 것 같았다. 혜화역에서 표를 산 홀리아는 지하철 승강장으로 내려갔다. 홀리아는 내려가면서 한 번도 나를 쳐다보지 않았다.

그 뒤로는 홀리아에게서 연락이 오지 않았다. 나는 홀리아가 일하던 극단으로 찾아갔다. 거기서 연말에 술에 취해 내 방에서 잤던 젊은 여배우를 만났다. 그 여배우는 홀리아가 연극을 그만두고 어디론가 가버렸는데 어디로 갔는지는 알 수 없다고 말했다.

나는 극단의 감독에게 연락해서 술자리를 만들었다. 술이 몸속으로 들어가자, 감독은 말이 많아졌다.

"달포 전에 공연하다가 홀리아가 대사를 잊어버리고 무대 위에 그대로 멈추어 선 적이 있었어요. 홀리아는 그냥 서 있다가 퇴장했어요. 다행히 연극의 흐름은 끊어지지 않았습니다. 제가 홀리아에게 무슨 일이 있느냐고 물었지만, 홀리아는 그저 고개만 저었습니다. 홀리아 성격 아시지요? 말 없고 차갑지요. 그 일 때문에 단원들과 서먹해졌다든지 하는 변화는 느낄 수가 없었습니다. 그러나 저로서는 늘 홀리아의 행동거지에 어떤 이상이나 변화가 있는지 신경

쓰고 또 관찰했습니다. 홀리아는 늘 열심히 연습했고 분장했고 열연했습니다. 그런데 어느 날, 그 작품이 끝나면 연극을 그만둘 것이라고 말했습니다."

감독은 따로 자리를 만들어서 홀리아의 마음을 돌리려고 노력했다. 홀리아는 한참 물오른 배우이기도 했지만 아무런 스캔들이 없었다. 감독은 그래서 홀리아를 더 소중하게 생각하고 있었다. 하지만 홀리아의 단호한 뜻을 꺾을 수가 없었다고 했다.

감독이 많은 이야기를 했지만, 나로서는 별 소득이 없었다. 감독도 홀리아의 행방을 몰랐다. 감독과 나는 술집에서 나와 잠시 같이 걸었다. 감독은 내게 극본을 쓰지 않는지 물어보았다. 나는 고개를 흔들었다. 감독은 내 글솜씨로 보아서는 충분히 극본을 쓸 수 있을 것 같다고 추켜세워 주었다. 그리고 이렇게 말했다.

"그게, 이야깃거리가 되려나? 어느 토요일 날 공연을 마치고 분장실 거울 앞에 앉아 있던 홀리아가 갑자기 비명을 질렀다고 하더군요. 단원 중 한 사람이 보았는데, 홀리아는 빈 유리병으로 분장실 한쪽에 서 있던 거울을 깨어버렸다고 해요. 그리고 한동안 넋을 잃은 것 같이 앉아 있었다고 하던데요. 그런데 다음날도 그다음 날도 별일은 없었어요."

나는 감독의 말을 듣고 그 자리에 서 버렸다. 감독은 나를 한번 돌아다보았다. 그러고는 길가의 좁고 어두운 골목으로 들어가서 오줌을 누었다.

몇 해 지나서 봉함엽서 한 장이 왔다. 페루에서 훌리아가 보낸 것이었다. 엽서에는 마추픽추 사진이 들어 있었다. 작은 종이 한 장이 봉투 속에 더 들어 있었다. 나는 그 종이를 펴 보았다. 종이 위에는 짧은 문장이 벌레처럼 꿈틀거리고 있었고 나머지는 텅 비어 있었다.

"행복하세요?"

내가 세 들어 살던 집은 없어졌다. 3층 빌라로 바뀌었다. 그 건물 옆 중국집도 반듯하고 깨끗한 건물로 다시 지어졌다. 통닭집과 약국은 없어졌고 카페와 수공예품점이 들어서 있었다. 내가 자주 들러서 밥을 먹었던 식당은 맞은편 건물로 옮겨가 있었다.

나는 훌리아의 극단이 있던 곳으로 걸어가고 있었다. 그러나 그곳 역시 많이 바뀌었다. 건물은 그대로였으나 ○○

소극장으로 이름이 바뀌었다. 건물의 1층은 음료수 도매상 겸 창고로, 2층은 사무실로 쓰고 있는 것 같았다. 건물의 왼쪽에는 지하의 소극장으로 내려가는 계단이 보였다. 계단 입구에는 오래된 포스터 몇 장이 붙어 있었다. 지금, 이 소극장에 입주해 있는 극단은 없는 것 같았다.

계단으로 내려가서 소극장 입구로 가 보았다. 소극장 입구에는 '임대'라는 글씨가 붙어 있었다. 소극장 입구의 문은 뻘쭘하게 열려 있었다. 입구의 문을 열고 소리를 질렀다.

"누구 없어요?"

그러나 아무런 소리도 돌아오지 않았다. 여기저기를 기웃거려서 전등을 켰다. 불이 들어오자, 공간 속은 마치 마른 흙먼지가 가득 떠 있는 듯한 답답한 모습을 보였다. 극장의 방음문을 밀어보았다. 문은 힘겹게 열렸다. 극장 안은 캄캄했다. 방음문 곁에 있던 스위치 하나를 올렸다. 천장에서 작고 밝은 등 하나가 켜졌다. 등에서 떨어져 내린 빛들은 나무로 만든 무대 바닥을 비추고 있었다. 무대 위로 걸어갔다. 그리고 무대 뒤쪽에 검은 막이 드리워진 곳으로 다가가 막 뒤의 문을 열었다.

문 근처에 있던 스위치를 올렸다. 그곳이 분장실이었다.

분장실의 알전구들은 매우 밝았다. 분장실도 텅 비어 있었다. 홀리아가 앉아 있었을 자리에 앉아 벽에 박힌 거울을 통해 내 모습을 쳐다보았다. 나는 매우 거친 땅을 지나온 나그네처럼 파리해 보였다.

나는 거울을 통해 내 뒤에 있는 거울을 발견했다. 그 거울은 벽면에 붙은 거울이 아니었다. 그 거울은 폭이 좁고 키가 큰— 온몸을 비추는 거울이었다. 그 거울 위에는 카디건이 덮여 있었다. 그 긴 거울로 다가가서 카디건을 벗겼다. 긴 거울과 벽 거울이 마주 보고 있었고 카디건을 벗겨서 손에 쥐고 있던 내가 그 사이에 수없이 많이 들어서 있었다. 그렇게 많은 내 모습을 견딜 수 없었다. 긴 거울로 다가가서 거울을 옆으로 돌려놓기 위해 양손으로 거울 가장자리를 잡았다. 그때, 수없이 많이 들어차 있던 내 모습 저 멀리에 주름진 스커트를 입은 금발의 여자 하나가 숨어 있는 것이 보였다. 그 여자는 내 모습처럼 수없이 반복되지 않았다.

내가 긴 거울을 옆으로 돌려놓자, 여자는 보이지 않았다. 긴 거울을 다시 원래의 위치로 돌려놓아 보았다. 그러나 거울 속에는 수없이 반복되는 내 모습뿐이었다. 나는 긴 거울 위에 카디건을 씌워 놓았다.

온몸이 굳는 것 같았다. 천천히 분장실을 걸어 나왔다. 그리고 분장실의 스위치를 내렸다. 분장실은 캄캄해졌다.

무대 위에 섰다. 머리 위에서 밝은 등이 내 모습을 비추고 있었다. 객석을 향해 두 손을 내밀었다. 그리고 외쳤다.

"홀리아! 어디 있어? 홀리아!"

갑자기 객석에서 박수 소리와 외치는 소리가 터져 나왔다. 나는 그 소리가 사라질 때까지 무대 위에 서 있었다.

무대에서 내려와 객석 사이의 계단을 통해 방음문으로 걸어갔을 때까지 아무 소리도 들리지 않았다. 극장 속의 불을 껐다. 그리고 극장 출입문 근처의 스위치도 내렸다. 모든 것이 어두운 세상으로 변했다. 출입문과 문설주 틈으로 비쳐 들어온 희미한 빛이 있을 따름이었다. 천천히 걸어가서 소극장의 출입문을 바깥으로 밀었다. 밝은 빛들이 많이 쏟아져 들어왔다. 약간 어지러웠다.

문밖으로 나가서 소극장의 출입문을 닫으려 했을 때 출입문 안쪽 깊은 곳에서 여자의 목소리가 희미하게 울렸다.

"누구세요?"

나는 출입문을 힘껏 밀어서 닫고 지상으로 가는 계단을 뛰어 올라가고 있었다.

중절모 쓴 돌고래들

내 기억으로는, 지난달, 나는 아무 데로도 가지 않았다. 그런데 내 카드에서 돈이 많이 빠져나갔다. KTX와 모텔들과 음식점들로 돈이 빠져나갔다. 나는 카드 사용 내역이 적힌 종이를 쳐다보다가 눈을 감았다.

커피숍에 앉아 있었을 때, 언젠가 한 번 본 적이 있는 것 같은 남자가 내게 인사를 했다. 그때, 나는 어떤 여자의 이름을 기억하려고 정신을 모으고 있었다. 남자는 마치 친한 사람처럼 내 앞자리에 앉았다. 그 남자가 반갑지 않았지만, 자리를 박차고 일어난다거나 남자에게 일어나서 다른 자리로 가라고 말하기는 어려운 일이었다. 남자는 손을 들어서 커피숍 종업원을 불러 아메리카노 한 잔을 주문했다.

내가 기억 속에서 찾으려고 하던 여자는 제법 오래된 시간 속에서도 잘 보관된 것 같았으나 그 이름이 좀체 떠오르지 않았다. 잠시 숨을 돌렸다. 그리고 앞에 앉은 남자를 향해 말을 던졌다.

"잘 지내십니까?"

남자는 자연스럽게 대답했다.

"네, 잘 지내고 있지요. 선생님은 조금 여위어지셨군요."

그렇다. 나는 요즈음 매우 규칙적인 생활을 해 오고 있고 적당한 운동과 기름기 없는 식단을 유지해 오고 있어서 이전보다 좀 여위어 보일 수도 있겠다고 생각했다. 그는 묻지도 않았는데 이렇게 말했다.

"이번에 부산 다녀왔습니다."

이것은 그냥 어디를 갔다 왔다는 이야기다. 그런데 그게 내게 무슨 의미가 있다는 말인가? 자세히 보니 이 친구는 넉살 좋게 생겼다. 목 근처에 지방질이 많이 쌓인 남자는 50대 중반으로 보였다. 그런데도 한편으로는 참 오래된 친숙한 사람 같은 느낌을 풍겼다. 그러므로 그를 아주 무시해 버릴 수가 없이 되어버린 것이다.

나는 생각을 가다듬었다. 부산을 다녀왔다는 이 남자는 무엇 때문에 그런 말을 내게 던졌을까? 아마도 무료해서,

그리고 어색하게 입을 닫고 있는 것보다는 가볍게 이야기나 던지는 것이 낫겠다 싶어서 그랬을 것이다. 혼자 택시를 타고 먼 길을 가는 손님처럼, 아니면 그 택시의 기사처럼, 그냥 침묵을 밀어내려고 말을 던졌을 것이다. 나도 그의 말에 대답했다.

"부산에 가서 무엇을 보았습니까?"

그는 곧바로 말했다.

"해운대, 오륙도, 태종대, 자갈치, 용궁사"

내 속에서 무엇이 '툭'하고 터지는 소리를 들었다. 언어철학자들은 존재가 언어 속에 있다고 했다. 그러나 부산은 남자의 언어 속에 있지 않았다. 남자가 부산이라는 캔 뚜껑을 연 순간, 부산은 보이지 않았다. 남자는 자기가 가 본 곳에 대해 많은 말을 했다. 그러나 그의 말은 내 귀에 들리지 않았다. 그가 입고 있던 사파리 풍의 윗도리와 너무 짙게 염색한 검은 머리칼들이 흔들렸고 입을 열었다가 오므리는 그의 모습이 물 위에 뜬 빈 캔처럼 흔들렸다.

나는 잠시 고개를 떨구고 내 두 발을 내려 보았다. 생각났다. 여자의 이름은 연난이었다.

술에 취해서 모텔에 들어간 일은 기억났지만, 그곳이 정확히 어디쯤 있는 모텔인지 알 수가 없었다. 겉옷을 벗어두고 씻지도 않은 채 침대에 누워버렸다.

연난이는 곤하게 자고 있던 내 옆에 커다란 바위처럼 떨어졌다. 연난이는 내 옷을 벗기고 내 위에 올라앉아 요분질을 했는데, 얼마 지나지 않아 연난이의 한쪽 다리가 쩍 소리 내며 갈라졌다. 그 소리에 정신이 들었다. 몸에서 떨어진 연난이의 한쪽 다리를 들어서 침대 한쪽에 잘 놓아두고 나는 연난이의 계곡을 찾아 들어갔다. 연난이는 목소리가 컸다. 연난이는 소리내어 울면서 몸을 흔들었다. 그것은 어린 시절에 보았던, 길가에서 빙수 장수가 빙수를 만들기 위해 대패로 얼음을 깎아내던 장면과 같았다. 내 몸이 조금씩 벗겨져 나가는 착각에 빠졌다. 연난이는 소리내어 울면서 대패질을 했다. 그러면 연난이의 몸에 금이 갔고 연난이의 몸은 부서지기 시작했다.

갑자기 전화벨이 울렸다. 침대에서 내려가 테이블 위에 있던 하얀 전화기를 들었다.

"여기 모텔 사무실입니다. 괜찮으십니까? 울음소리가 들려서……."

"네, 괜찮습니다. 그런데……. 여기 어딥니까?"

"태평양입니다."

사방은 어둡고 하늘에는 별들이 켜져 있었고 파도 소리가 들렸다. 부서지기 시작했던 연난이는 다시 온전한 몸으로 돌아왔다. 연난이는 전화기를 들고 서 있던 내 앞에 쪼그려 앉아서 내 뿌리를 연양갱처럼 빨고 있었다. 떨어져 나갔던 연난이의 다리도 제 자리에 가 있었다.

그런데 왜 그 이름이 생각나지 않았을까? 어여쁠 연 난초 난, 잊어버리기 어려운 이름인데…….

서면 로터리 근처 복개천 위에는 잔술 파는 집들이 붙어 있었다. 친구 두 사람과 함께 앉아 잔술을 마셨다. 그중 한 친구는 일찍 자리에서 일어났다.

"내일 아침 일찍 가야 할 곳이 있어."

친구는 신사복을 펄럭이며 사라졌다. 그는 대학을 졸업하고 바로 회사에 취직했다.

아직 의과대학 학생인 친구와 둘이 술을 마셨다. 주인아주머니는 뜨거운 정종을 한 잔 부어 주고 손님들 앞에 놓인 빈 마요네즈 병에 바둑알을 하나 떨어뜨렸다. 마요네즈 병뚜껑은 불온하게 찢어져 있었다. 병 속에는 바둑알이 몇 개 들어 있었다. 친구가 일어났다. 내가 물었다.

"어데 가노?"

"술값 가져올게."

"나 돈 있다."

"아이다. 이거는 내가 산다."

친구는 전당포에 다녀왔다. 그의 손가락에 감겨 있던 금반지가 사라졌다. 카바이드 불빛은 '샤아-' 도발적인 소리를 내며 빛났다. 친구와 나는 아무 말 없이 술만 마셨다. 우리 둘은 더 이상 말을 할 수 없었다. 그리고 친구는 천천히 지워졌다. 친구가 앉았던 자리를 만져보았다. 온기가 남아 있었다. 주인아주머니가 친구 앞에 있던 마요네즈 병뚜껑을 열고 병 속에 쌓인 바둑알을 탁자 위에 부었다. 한 생애가 끝났다. 몇 집인지 계가를 해 보자. 나는 남은 술을 마시지 못하고 목이 메어버렸다.

다음날은 국제시장으로 갔다. 후배의 작업실은 국제시장의 도로 옆 빌딩 속에 있었다. 작업실의 문은 소리 없이 열렸다. 그리고 소리 없이 닫혔다. 문 맞은편 벽 쪽의

AR(Acoustic Research) 스피커에서 바버의 「현을 위한 아다지오」가 쏟아져 나왔다. 왼쪽 벽면에는 로스코의 색면추상 사진이 한 폭이 걸려있었다. 나는 문 바로 옆에 있던 의자에 조용히 앉아서 쏟아지는 현악들이 내 피부를 뚫고 근육과 뼈대에 스며드는 것을 느끼고 있었다.

곡이 끝나자, 스피커 사이에서 후배가 일어났다.

"형, 왔어요?"

나는 고개를 끄덕거렸다. 내 몸속에 스며든 소리 때문에 나는 몸을 움직일 수 없었다. 후배는 잠시 나를 보고 서 있더니 작업실 문을 열고 밖으로 나갔다. 나는 의자에 앉은 채 늘어져 있다가 파라핀처럼 녹아서 작업실 바닥으로 흘러 내려갔다.

조금 뒤에 문이 열리고 후배가 다시 작업실로 들어왔다. 후배는 담배를 불붙여 물고 나를 찾기 시작했다.

"형, 어디 있어요?"

대답할 수 없었다. 나는 의자 아래 녹아내려 있었다. 후배는 몇 마디 중얼거리더니 작업실의 불을 끄고 나갔다. 바깥에서 작업실 문을 잠그는 소리가 들렸다. 나는 오랫동안 그의 작업실에 고여 있었다. 그리고 새벽에 문과 바닥

사이의 틈으로 흘러 나갔다.

　달음산 꼭대기에서 보들레르 닮은 남자를 보았다. 그는 등산모를 벗고 얼굴에 흐르는 땀을 닦았는데 책에서 보았던 보들레르의 모습과 너무도 많이 닮아있었다. 그러나 나는 아무런 말도 하지 못했다. 남자는 다시 모자를 눌러쓰고는 사라졌다. 달음산을 걸어서 내려왔다. 맞은편에서 랭보와 베를렌느가 걸어오고 있었다. 걸음을 멈추고 그들을 쳐다보았다. 두 사람은 서로 다정하게 쳐다보며 웃으면서 이야기하고 있었다. 내가 눈을 껌뻑거리는 동안 그들은 나를 밟고 지나가 버렸다. 나는 내 발아래만 보고 걸어 내려갔다. 옹이가 많은 나무 곁에 아포리네르가 서 있었다. 그러나 못 본 척 걸어갔다.
　무너질 듯 위태로운 걸음으로 바다를 향해 걸어갔다. 큰 길은 월내로 향해 뚫려 있었다. 그 길을 건너갔다. 임랑 모래사장이 나왔다. 모래사장에 주저앉았다. 눈앞에는 수평선이 펼쳐져 있었다.

　모래사장 뒤쪽 나무 의자에 노인 한 사람이 검은 안경을 쓰고 앉아서 바다를 보고 있었다.

바다 위에 검은 물체 하나가 보였다. 나는 옷을 벗고 팬티만 입은 채 바다로 걸어 들어갔다. 한참 걸어가서 보니 그것은 검은 중절모였다. 중절모는 파도와 상관없이 조금씩 옆으로 움직이고 있었다. 중절모 아래 G. G. 마르케스의 웃는 얼굴이 보였다. 중절모가 몇 개 더 나타났다. 중절모 아래 앙드레 브르통, 트리스탄 차라의 얼굴이 보였다. 바르가스 요사와 후엔테스의 얼굴도 보였다. 헤엄쳐 앞으로 나갔다. 중절모는 몇 개 더 나타났다. 칸딘스키 얼굴은 알 수 있었지만, 나머지 얼굴은 파도에 가려져서 알 수 없었다. 제각기 흔들리던 중절모들이 어느 순간 바닷속으로 사라져 버렸다. 그리고 잠시 후 바다 위로 튀어 올랐다. 돌고래들이었다. 손을 흔들었다. 돌고래들이 소리를 지르며 사라졌다.

바다 위에 누워서 하늘을 쳐다보았다. 누운 채로, 다시 바닷가로 떠밀려갔다. 힘이 빠졌다. 물에서 기어 나와 얼마 못 가서 엎어졌다.

모래밭에서 일어나 옷을 벗어둔 곳으로 걸어갔다. 외국

인 노인 두 사람이 의자에 앉아 있던 노인을 부축해서 마을로 걸어가고 있었다. 노인이 앉아 있던 낡은 나무 의자에 가서 앉아보았다. 나무 의자 앞 모래에 노인이 쓰고 있던 선글라스가 떨어져 있었다. 선글라스를 주워서 써보았다. 아, 이런! 눈앞이 밝아졌다. 멀어져가는 노인들의 등에 그들의 이름이 보였다. 옥타비오 파스, 파블로 네루다, 그리고 호르헤 루이스 보르헤스. 선글라스를 벗었다. 눈앞이 캄캄해졌다. 아무것도 보이지 않았다.

시력이 돌아올 때까지 의자에 앉아 있었다. 파도가 고양이처럼 걸어 올라와서 내 발을 조심스럽게 건드렸다. 일어났다. 옷을 입었다. 선글라스를 하늘 멀리 던졌다. 선글라스는 높이 솟았다가 포물선을 그리며 약간 떨어지다가 다시 수평선을 넘어 날아갔다.

바닷가로 난 길을 따라 걸어서 칠암 가까이 갔을 때, 수평선 너머에서 크고 밝은 빛이 솟아올랐다. 한참 뒤에 폭발음이 들렸다. 폭발음은 하품 소리 같았다. 바다 건너 먼 곳에서 발전소가 폭발했다.

칼국수를 먹고 시장을 빠져나가다가 연난이를 보았다. 생선가게에서 앞치마를 두른 채 서 있던 연난이는 커다란 도마 위에 칼끝을 꽂고 한 손으로 칼자루를 쥔 채 지나가는 나를 향해 그 큰 목소리로 "세 마리 만 원!"하고 외치다가 그대로 멈추고 말았다. 나도 걸음을 멈추고 연난이를 쳐다보았다. 연난이는 나를 보고 웃었다. 나는 웃을 수가 없었다. 연난이는 제 손목을 뒤로 젖혀 시계를 보고 나서 내게 말했다.

"한 시간 뒤에 저기 성지다방……."

나는 고개를 끄덕이며 다시 걸어갔다. 걸어가다가, 한참 걸어가다가 가슴이 철렁 내려앉았다. 안 된다. 내가 만난 모든 것이 사라지는 걸……. 이번 여행에서 연난이를 만나면 안 된다. 연난이가 말한 한 시간 뒤면 나는 서울 가는 열차 속에 있어야 한다. 서울로 돌아가야 한다. 칼을 쥐고 서 있던 연난이 모습이 자꾸 나타났다.

길가에 서서 택시를 기다리고 있었다. 커다란 교회 버스가 내 시야를 막았다. 버스는 그 자리에 섰다. 버스 문이 열리고 몇 사람 내리는 것이 보였다. 버스가 움직이고 내 시야가 열렸다. 키 큰 여자 하나가 내게로 걸어왔다. 여자는 큰 목소리로 말했다.

"선배!"

이게 누구더라?

"선배, 나, 일선이."

아, 일선이다. 맞다. 나는 고개를 끄덕였다. 일선이는 흰 머리가 많이 난 중년 아주머니 모습이었다. 대학 시절에 남학생들은 일선이를 꺽새풀이라고 놀렸지만, 나는 일선이의 높이가 좋았다. 그러나 일선이는 더 높은 곳을 쳐다보았다. 일선이는 대학을 졸업하고 교사 생활을 하면서도 교회에 나가는 것이 너무 행복하다고 말했다. 너무 말라서 갈퀴 같던 일선이의 몸을 건드린 남자가 아무도 없었지만, 일선이 자신도 어떤 놈에게 몸을 열 생각이 전혀 없어 보였다. 그런데 지금은 적당히 살도 오르고 인물이 피어났다. 갑자기 옛 일선이가 그리워졌다. 내가 한 발 앞으로 나서면서 일선이의 손을 잡으려고 했으나 일선이는 한 발 뒤로 빠졌다. 교회 버스에서 같이 내린 일선이의 교우들이 우리 둘을 쳐다보고 있었기 때문이다. 일선이는 명함을 내밀었다. 그리고 교우들이 다 들을 수 있게 큰 소리로 말했다.

"우리 교회에 나오세요."

내 앞에 앉았던 남자는 입을 다물고 있었다. 해운대 앞
바다에 떠 있던 빈 캔에 바닷물이 들어차서 가라앉았다. 남
자는 호주머니에서 폰을 끄집어내어 문자를 날리고 있었다.

나는 자리에서 일어났다. 시간이 되었다. 조금씩 배고픔
이 느껴지는 시간이다. 어물을 먹으러 가야 한다. 남자에
게 아무 말도 하지 않고 카운터로 가서 내가 마신 커피 값
을 치렀다.

몸을 돌려 커피숍 출입문 쪽으로 발걸음을 떼었을 때 남
자가 내게로 뛰어오면서 말했다.

"선생님, 그냥 가시면 어떡합니까?"

남자를 자세히 쳐다보았다. 이 친구 왜 이러는 거지?

"선생님, 지난주까지 원고 주신다고 해 놓고……."

나는 그를 쳐다보며 말했다.

"원고?"

"네. 단편소설 한 편 주시기로 했잖아요."

아, 그렇다. 이 친구, 《컨템퍼러리 문학》 주간이다. 까맣
게 잊어버렸다.

다시 계산대로 가서 이 남자의 커피 값을 치렀다.